KB007048

시와 함께하는
우리동네 한바퀴

시와 함께하는 우리 동네 한 바퀴

詩作
우리의 시작은 북촌에서

중앙중학교 1학년과
이한솔 교사 지음

마음의숲

가회동성당

북촌로

민음미용실

수연홈마트

계동떡방앗간

계동길

중앙상회

중앙중학교
중앙고등학교

풍년식품

동네커피

창덕궁길

우리의 시작詩作은
북촌에서

중앙중학교 1학년 학생들의 2022학년도 1학기 수업 주제는 '마을×시'였습니다. 학생들은 마을 답사를 통해 북촌 계동의 정체성을 이루고 있는 가게 20곳을 선정했으며, 가게 사장님을 인터뷰하여 공간이 품고 있는 가치를 고민하고 각자 한 편의 시로 표현해 보았습니다.

　[삶이 시가 되는 순간들: 학생 창작 시]에는 중앙중학교 1학년 학생 모두의 시가 담겨 있습니다. 71명의 어린 시인이 바라본 다양한 공간을 머릿속에 그리다 보면, 어느새 마음은 북촌 계동으로 향합니다. 학생들의 시를 읽으며 익숙함 속에 잊고 있던 소중한 가치를 되새겨보는 기회가 되기를 바랍니다.

　북촌 계동이란 공간의 정체성은 마을에 터 잡고 살아가는 사람들을 통해 만들어집니다. 그런데 최근 북촌에는 '둥지 내몰림젠트리피케이션gentrification' 현상이 심화되고 있습니다. 점점 높아지는 가게 임대료로 인해 북촌에 살던 주민들은 하나

둘씩 정든 둥지를 떠나고 있습니다. [마을 가게를 만나다: 마을 가게 인터뷰 보고서Q&A]와 [마을 가게를 만나다: 마을 가게 인터뷰 보고서]는 마을을 찾아간 학생들이 가게 사장님들과 인터뷰한 기록입니다. 우리 동네에서 오랫동안 생활하신 가게 사장님들의 대화를 보며, 젠트리피케이션의 거센 물결 속에서 어떠한 마음으로 '우리 동네'를 바라보아야 할지 고민해 볼 수 있습니다.

'마을 가게 인터뷰'가 타인에 대한 이해와 공감을 기반으로 시를 창작해 보기 위한 활동이었다면, '학생 시인 인터뷰'는 나 자신을 이해하고 공감해 보는 활동이었습니다. [시인과의 대화: 학생 시인 인터뷰Q&A]에서는 북촌 계동의 다양한 가치를 내면화한 학생들의 생각이 담겨 있습니다. 글의 마지막에는 QR코드를 스캔하여 창작 시에 대한 학생들의 대화를 더욱 생생하게 느껴볼 수 있습니다.

북촌에 살고 있는 학생들과 등하굣길에 스치듯 북촌을 오가는 학생들. '익숙함 속에 잊고 있던 소중한 가치'를 찾아가본 이번 수업은 각각의 학생들에게 어떤 의미를 남겼을까요? [활동을 마치며: 마을 가게 인터뷰 후기]에는 수업 활동을 마친 학생들의 솔직한 감상이 담겨 있습니다. 학생들의 글을 읽으며 이들의 마음속에서 일렁이는, 작지만 커다란 파동을 함께 느낄 수 있길 바랍니다.

시와 함께하는 우리 동네 한바퀴

《시와 함께하는 우리 동네 한바퀴》는 '마을과 함께하는 수업마을결합형 교육과정'을 만들어나가는 중앙중학교 학생들의 작은 발자취입니다. 책에 수록된 학생들의 글을 읽어나가다 보면, '마을'과 '학교'가 함께하는 교육의 힘이 느껴집니다. 북촌에서 '시작始作'된 중앙중학교 학생들의 '시작詩作' 활동으로 마을과 함께 만들어가는 혁신 교육의 가치가 더 많은 사람에게 공유되기를 바랍니다!

이한솔 중앙중학교 국어 교사

차
례

재동종합문구점

중앙상회

중앙중고등학교 학생이라면 매일 스치듯 지나치는 이곳. 중앙상회는
계동에서 가장 오래된 가게입니다. 외국인 관광객들을 대상으로 기념품과
한류 스타의 사진 등을 판매하고 있으며, 학생들의 작은 매점과 같은
곳이기도 합니다. 계동길 끝자락에 위치한 이곳을 방문하시면 등하굣길
학생들의 오랜 기억을 몸소 느껴볼 수 있습니다.

Choongang Sanghoe has been at Bukchon since 1960. You can buy
some drinks and there are many photo cards. If you visit the Choongang
Sanghoe, you can feel the old and native atmosphere.

익숙한 장소

오늘은 중앙상회의
인터뷰를 하는 날이다

유치원, 초등학교, 중학교,
학교 가는 길이 시작되는 곳
나에겐 너무 익숙한 곳

찰칵찰칵
어색하게 인터뷰를 하고
사진을 찍으며 듣게 된
마음의 목소리

아무리 익숙한 곳이라도
익숙하지 않을 수 있어
익숙하지 않을 수 있어

신진혁

인터뷰가 끝나고
친구들과 작별하고

집 가는 길에
사진을 찍었다

찰칵찰칵
너희들도 익숙한 공간에서 한번
사진을 찍어보는 건 어떨까?

흔치 않은 어딘가

원채우

학교에 처음 등교했을 때
무심코 지나갔던 그곳

낯설기만 했던 첫인상
알고 보니 생각과는 많이 달랐던
흔치 않은 어딘가

어떤 영향에도 오뚝이처럼
다시 일어나는 이곳은
흔치 않은 어딘가

21

아름다움

파릇파릇 새순이 자라는
봄을 닮은 아름다운 사진

개나리와 벚꽃, 진달래
꽃처럼 아름다운 기념품

강렬하고 따사로운 햇살처럼
아름다운 사장님의 미소

아름다운 중앙상회는
오늘도 문을 열었다

이
현
채

손님들의 갤러리

장
예
빈

중앙 학생들에게
재미난 기억이 가득한
가장 오래된 가게

한국 기념품과
한류 사진들이
가게를 꾹꾹 채우고

음료를 사가는 학생들과
기념품을 사는 관광객

손님들의 추억을 만들어주는
갤러리 같은 중앙상회

시인과의 대화

진혁 안녕하세요. 지금부터 인터뷰를 시작하겠습니다. 먼저 시인님의 자기소개를 부탁드려도 될까요?

예빈 나이는 14살이고 중학교 1학년입니다. 혈액형은 B형이며 제 장래희망은 선생님입니다.

진혁 모둠의 대표 시인이 된 기분은 어떠신가요?

예빈 음, 매우 좋고요. 인터뷰를 당한다(?)는 게 이런 느낌이구나 싶습니다.

진혁 시를 정말 인상 깊게 보았는데요. 혹시 이 시를 쓰게 된 계기가 있다면 무엇일까요?

예빈   계동길을 쭉 오르다 보면 오래된 가게들과 교복을 입은 학생들, 관광객, 동네 사람, 그리고 귀여운 길고양이까지 볼거리가 한가득이에요. 이런 계동길 끝자락에 있는 '중앙상회'를 많은 사람이 더 알아주고 방문해 주셨으면 하는 마음에 시를 쓰게 되었습니다.

진혁   함께 중앙상회로 인터뷰를 갔을 때가 떠오르는데요. 중앙상회에 처음 들어가 봤을 때 어떤 기분이 들었나요?

예빈   학교 정문 바로 옆에 붙어있는 곳이라 매일 등하굣길에 스쳐 지나가기만 했던 곳이었어요. 그냥 평범한 슈퍼 같은 곳이라고 생각했었는데, 막상 들어가 보니 한국 기념품과 한류 스타의 사진과 달력 등이 생각보다 많아서 놀랐던 기억이 있습니다. 그리고 중앙상회의 김영해 사장님과 직접 말씀을 나누며, 궁금했던 것을 알 수 있다는 생각에 신나기도 하고 설레기도 했었어요.

진혁   그런데 중앙상회에서는 한국 기념품과 사진
　　　　　만 팔았나요?

예빈   그런 건 아니예요. 일반적인 슈퍼처럼 음료
　　　　　와 간식도 팔고 있었어요. 학생들을 위한 매
　　　　　점 같은 느낌이랄까요? 그런데 한류 스타의
　　　　　사진과 기념품도 함께 팔고 있는 모습이 중앙
　　　　　상회만의 특별함을 만드는 것 같았어요.

진혁   이번에는 시에 대한 질문으로 넘어가 보도록
　　　　　하겠습니다. 제목이 참 인상적인데요. 〈손님
　　　　　들의 갤러리〉라는 제목을 붙인 이유는 무엇
　　　　　일까요?

예빈   인터뷰를 하면서 중앙상회의 여러 모습이 기
　　　　　억에 남았어요. 아마 이곳을 방문하는 손님
　　　　　들도 많은 기억을 담고 가지 않을까 하는 생
　　　　　각에 이런 제목을 붙여봤어요. 추억이 가득
　　　　　한 건 갤러리잖아요.(ㅎㅎ)

진혁   '손님들의 추억을 만들어주는' 곳이라는 시

구절이 있었는데요. 혹시 시인님께서도 이
공간과 관련된 추억이 있으실까요?

예빈 　 인터뷰를 통해 사장님과 알게 되면서 사장님
과 잠깐 사적인 수다를 떨었던 기억이 있어
요. 이런 이야기 하나하나가 모여서 추억이
되는 것 아닐까 싶습니다.

진혁 　 혹시 시를 쓰면서 특별히 신경 쓴 것이나 힘
들었던 것이 있었다면 무엇이었을까요?

예빈 　 음, 처음에는 중앙상회에 가서 느낀 점을 쓰
려고 했는데 아이디어가 떠오르지 않았어요.
그래서 직접 인터뷰를 하며 느낀 점을 시에
담았습니다. 시를 쓰면서 공간의 의미를 어
떻게 풀어야 할지 잘 모르겠더라고요. 그나
마 행과 연을 나누면서 생각을 차근차근 풀어
내보려 노력했어요. 시를 쓰는 건 정말 어려
운 것 같아요. 시인들은 정말 대단하시구나
싶었어요. 시의 의미를 정말 잘 풀어내고 여
러 가지를 생각하게 만드는 글을 쓰기 때문이

에요.

진혁   시인님의 시도 모둠의 대표 시가 될 정도로
      훌륭한걸요? 그럼 마지막으로 이 시를 읽는
      독자들에게 전해주고 싶은 말이 있다면 무엇
      일까요?

예빈   감사합니다. 이 시를 읽는 독자분들도 직접
      중앙상회에 방문해 보셨으면 합니다. 중앙상
      회는 우리 동네에서 가장 오래된, 그리고 동
      네 사람들의 많은 추억을 담고 있는 곳이니
      직접 가보면 제가 하고 싶었던 말을 더 잘 이
      해할 수 있을 겁니다. 요즘 사장님께서 걱정
      이 있으신데, 예전보다 손님이 줄었다고 하
      셔요. 제 시가 작은 계기가 되어 중앙상회에
      방문하는 사람들도 많아지고, 또 관광객들도
      더 많아졌으면 좋겠어요!

진혁   그럼 장예빈 시인님의 시 낭송과 함께 인터뷰
      를 마무리하도록 하겠습니다.

 시의 향기가 흐르는 북촌 스탬프 투어 웹사이트
중앙상회

계동떡방앗간

계동떡방앗간은 30년 넘게 계동길에서 자리를 지키고 있는
방앗간입니다. 우리의 전통 음식 '부꾸미'를 알고 계신가요? 서울의 다른
떡 방앗간에서는 쉽게 만날 수 없는 한식 디저트를 이곳에서 맛볼 수
있습니다.

Gyedong Rice cake mill is a very old Rice cake mill. The shop's legacy is
subtle but has a strong pull on the locals that have come to love rice cake
mill.

그 공간

문
이
준

계동길을 따라가다 보면
그냥 지나가다 보면
자연스럽게 있는 그 공간

실내에는 옛 고향 느낌의
기계들이 웅성이는 그 공간

한옥마을을 따라 내려가면
무심코 지나가면
계절처럼
우리에게 다가와 있는 그 공간

구수한 향기를 풍기며
언제나 부꾸미를 만드는
그 공간

계동 떡방앗간

어딘가에 깃든 추억

김제용

우리가 무심코 지나쳤던
계동길의 방앗간.

항상 분주한 그 방앗간.
매일매일 쉴 틈이 없는 찜기와
하얀 이불 같은 떡을 만드시는 사장님.

누군가의 추억이 깃든
이곳은 소중한 장소.

사장님께는 가게를 처음 여신 그날의 설렘을
오가는 손님들에게는 맛있는 떡을 만난 행복을

이렇게 작은 방앗간에도
누군가의 추억이 한가득

깃들어있다.

계동길의 눈덩이 공작소

서울특별시
종로구 계동길 104
골목의 끝자락

강
여
해

1998년부터
매일매일
따스한 눈발이
흩날리고 있다

하이얀 눈송이를
꾹꾹 뭉쳐 길게 늘린 가래떡
동그란 눈뭉치
납작하게 눌러 빚은 부꾸미

여름에도 내리고

35
—
계동떡방앗간

겨울에는 따스한
눈덩이를 모아 만들어진
수많은 눈 조각 작품들

등교 시간부터 부지런히,
하교 시간이면 한창 전시 중
매일매일
눈꽃 축제 펼치는
계동길 눈덩이 공작소

시인과의 대화

인터뷰어 인터뷰이

김 × 강
제 여
용 해

제용 안녕하세요 그것이 알고 싶다의 이재용, 아니 김제용입니다. 그런데 말입니다. 여기 이 시는 무엇일까요? 오늘은 눈덩이 공작소 시를 쓴 강여해 시인과 인터뷰를 해보겠습니다. 안녕하세요. 자기소개 가능하신가요?

여해 제 이름은 강여해입니다.

제용 아니, 왜 이렇게 이렇게 시가 좋죠? 혹시 대표 시로 뽑힌 소감이 어떤가요?

여해 음, 어쩌다 뽑혔는지는 잘 모르겠지만. 그래도 뽑히니까 기분은 참 좋네요.

제용 '눈덩이 공작소'라는 제목이 참 신선하게 느

껴집니다. 어떻게 이런 제목을 생각해 내셨
나요?

여해 떡가루가 무엇이랑 공통점을 가지고 있을까
고민하다가 문득 떡가루와 하얀 눈이 비슷하
다는 생각이 들었어요. 수업 시간에 배운 비
유 표현을 활용해서 '계동길의 눈덩이 공작
소'라는 제목을 만들어보았습니다.

제용 시를 읽다 보니 운율이 잘 느껴지는 것 같아
요. 시를 쓰면서 운율을 만들기 위해 가장 신
경 쓴 부분은 어디인가요?

여해 '매일매일'이라는 부사어를 반복해서 운율감
도 살리고, 떡방앗간의 꾸준함도 표현하고
싶었어요. 그리고 운율은 아니지만 가래떡과
부꾸미를 이야기할 때 '눈'이라는 중심 소재
에 맞춰서 비유를 쓰는 게 어려웠고 가장 많
이 신경 쓴 부분인 것 같습니다.

제용 그런데 제가 알기로 '부꾸미'는 다양한 색상

을 가지고 있는데, 왜 굳이 하얀색이 떠오르
는 눈이라는 비유를 사용하셨을까요?

여해 부꾸미도 반죽되고 구워지기 전에는 모두 하
얀 가루였어요. 눈도 처음에는 하얀 결정으
로 시작하지만 만지는 사람에 의해 다양한 모
습으로 바뀌게 된다는 공통점이 있어요. 그
리고 무엇보다 한번 주제를 정했으면 통일성
있게 쭉 이어가는 것이 좋잖아요.

제용 들어보니 맞는 말씀이네요. 시를 쓰면서 계
동떡방앗간의 모습을 묘사하는 게 어려웠다
고 했는데, 시인님이 생각하시기에 가장 마
음에 들게 묘사한 부분은 어디인가요?

여해 개인적으로는 마지막 부분에 등하교를 하면
서 바라봤던, 사장님께서 장사를 준비하시는
모습과 장사하시는 모습을 잘 묘사한 것 같아
서 마음에 들어요.

제용 저도 그 부분을 읽으면서 자연스럽게 방앗간

의 모습이 떠올랐습니다. 한 가지 더 궁금한 점이 있습니다. 시를 시작할 때 계동떡방앗간의 주소를 썼는데 이렇게 표현하신 특별한 이유가 있을까요?

여해 처음에는 그냥 계동떡방앗간으로 가는 길을 설명해야겠다고 생각했어요. 그래서 방앗간이 계동길 끝자락에 위치해 있다는 말을 넣었는데, 그게 좀 부족하다는 생각이 들었어요. 고민을 하다가 오히려 정확한 정보가 하나 들어가면 더 시적인 느낌이 들지 않을까 싶어서 써보았습니다.

제용 객관적인 정보로 시작했는데도 시가 참 감각적인 것 같습니다. 객관적인 정보 이야기가 나왔으니 사장님과 한 인터뷰에 대해서도 질문을 드리고 싶어요. 혹시 인터뷰로 알게 된 계동떡방앗간의 특별함이 있을까요?

여해 이번 인터뷰를 통해 부꾸미가 사장님의 고향이신 강원도 평창 쪽의 음식이라는 것을 알게

되었습니다. 사장님께서는 89년도부터 지금
까지 굉장히 오랜 기간 장사를 하셨습니다.
그리고 코로나와 함께 경제 사정이 안 좋아져
서 힘들기도 하셨다는 점과 이와 맞물려 요즘
떡 문화가 자꾸 사라지고 있어서 마음 아프시
다는 점이 기억에 남아요.

제용   저도 오랜 역사를 품고 있는 방앗간이 요즘
          힘들다는 이야기에 마음이 아팠습니다. 혹시
          이 시를 읽는 사람들에게 전하고 싶은 메시지
          가 있을까요?

여해   계동떡방앗간은 저희 집에서 가까운 곳에 있
          는 가게예요. 하지만 평소에는 방앗간에서
          엄마가 사 오신 떡을 먹을 때 말고는 직접 가
          보거나 떡을 사본 적이 없었어요. 그런데 이
          번에 사장님과 인터뷰를 하면서 계동떡방앗
          간이 어떻게 만들어졌는지, 사장님이 떡방앗
          간과 함께 살아온 시간에 대해 알게 되었지
          요. 계동길을 오가는 사람들도 이 이야기에
          대해 알게 되었으면 좋겠어요. 계동떡방앗간

이 깊은 이야기를 품고 있는 소중한 공간이며 그래서 더욱 많은 사람이 떡방앗간에 찾아주었으면 하는 마음으로 시를 썼습니다.

제용 공간에 대한 시인님의 마음이 시를 읽는 사람들에게도 잘 전달될 것 같습니다. 그럼 인터뷰는 이것으로 마치겠습니다. 시에 대한 좋은 말씀을 해주셔서 감사합니다.

수연홈마트

북촌 계동길에서 여섯 번째로 오래된 가게인 수연홈마트는 13년 동안
자리를 지켜온 동네의 사랑방입니다. 아이들이 즐겨 먹는 과자부터 음식
재료까지 없는 게 없습니다.

Suyeon Home Mart is the only mart on Gye-dong road, built in the 1990s.
Please come and visit Suyeon Home Mart where you can feel the memories
of Korea.

그런 곳

김
성
민

계동길에는
외딴 곳에 홀로 서
묵묵히 자리를 지키고 있는
그런 곳이 있다

계동길에는
노란 상자들이 젠가처럼 쌓여
묘하게 눈길이 가는
그런 곳이 있다

계동길에는
따스한 할머니의 집 같은
포근함이 있는
그런 곳이 있다

수연홈마트

계동길에는
많은 이의 추억이
마치 발도장처럼
새겨져 있는
그런 곳이 있다

계동길에는
수연홈마트라는
그런 곳이 있다

느끼는 온기

계동길에 유일하게 남은
그 마트

이
겨
루

쇼핑몰도 아니고, 대형마트도 아닌,
이제는 그 자리에 있는 게 오히려 낯선
그 마트

여름에 들어가면 시원한
겨울에 들어가면 따뜻한
작은 평수에 감동하는
그 마트

안에 들어서면
따뜻한 공기가
몽글몽글

47
—
수연홈마트

피어오르는

계동길의 그 마트

드르륵

기본 이모티콘에
웃음 모양 같은 노란 박스

마트에 발 내밀기도 전에
미소가 퍼진다

드르륵,
안녕하세요

따뜻한 공기가
순식간에 우릴 감싼다

공기를 느낄새 없이
우리들의 귀를 간지럽히는
사장님의 한마디

어서오세요

꾸욱 간지럼을 참고
회색 아스팔트 칸을 건너
과자 코너로 향한다

이때다
덜컹, 컥...쿠웅
지진 나는 바닥

꾸욱 놀람을 참고
용기 내어 고개를 내려본다
그저 창고문이었다

계산대 옆 아줌마들의
재잘재잘 수다에 파묻어
애써 감추는 분홍빛 얼굴

돌아가 보니
아니, 어느새...!
번개처럼 끝난 계산

꾸욱 놀란 마음 주워 담아
두둑해진 장바구니 챙겨가는 이곳
그저 수연홈마트였다

수고하세요,
드르륵

마을 가게를 만나다

인터뷰어 이겨루 × 인터뷰이 김경숙 사장님

겨루   사장님 안녕하세요. 저희는 마을 가게를 인터뷰하러 온 중앙중학교 학생들입니다. 혹시 성함과 연세가 어떻게 되시나요?

경숙 사장님   반가워요. 이름은 김경숙이고, 이제 나이는 60이야.

겨루   등하교를 하면서 항상 수연홈마트를 지나치는데, 이렇게 사장님과 인터뷰를 하게 되니 신기한 마음이 들기도 합니다. 혹시 이 가게는 언제 만들어졌나요? 계동이란 공간에서 운영하시게 된 이유가 있을까요?

경숙 사장님   음, 내가 결혼을 하고 원래는 가회동에서 지내다가 계동으로 이사를 왔어. 딸이 5살, 아들이 3살 때 왕짱구식당 옆에 쪼그만 가게가 있어서 가게를 시작하게 되었지. 마트를 운영한 지는 13년 정도 된 것 같아.

겨루 우와, 제가 지금 중학교 1학년이니까 저와 나이가 비슷하네요. 수연홈마트는 계동길에서 유일한 슈퍼마켓인 것 같아요. 이렇게 오랜 세월 동안 한 곳에서 가게를 유지할 수 있었던 비결이 있다면 무엇인가요?

경숙 사장님 '꾸준함'이 아닐까 싶어. 수연홈마트는 매일 아침 7시에 문을 열고, 밤 11시에 문을 닫고 있어. 많이 벌고, 적게 벌고가 아니라 내가 몸이 건강해서 꾸준히 가게를 유지할 수 있는 것. 그게 비결이라면 비결 아닐까?

겨루 저희 어머니도 아침마다 수연홈마트에서 식자재를 사 오시곤 하세요. 덕분에 제가 맛있는 아침밥을 먹고 있답니다. 이 자리를 빌려 감사의 인사드립니다. 그런데 혹시 마트 이름을 '수연홈마트'라고 지으신 이유가 있으실까요?

경숙 사장님   사실 우리 딸 이름이 수연이거든. 갑자기 가게를 하게 되었는데, 하루 만에 생각이 잘 안나잖아. 뭘 해야 될지도 잘 모르겠고. 그래서 큰애의 이름을 따서 가게 이름을 짓게 되었지. 원래는 '수연상회'였어. 근데 큰 가게로 옮기면서 수연홈마트로 바꿨고, 아이들 이름을 걸고 하는 사업이니까 더 열심히 했지.

겨루   옛날에 수연상회라는 이름도 들어본 적이 있는 것 같아요. 따님 이름이셨구나. 그런데 남자 사장님께서 이 동네 통장님이셨다는 얘기가 있는데, 사실인가요?

경숙 사장님   응, 그렇지. 통장을 십몇 년 하셨거든. 뭐 마을을 위해 봉사하는 거지.

겨루   정말 대단하시네요. 그렇다면 혹시 남자 사장님이 통장님이셨을 때, 옆에서 보시기에 이 동네에 크고 작은 일이나 인상 깊었던 일이 있었을까요?

경숙 사장님   옆에서 보기로는 마을에서 사고가 생겼을 때, '주민 대표'의 입장으로 문제를 해결했다는 게 가장 기억에 남는 것 같아. 주민들의 문제를 중재하고 그 내용이 동사무소에서 처리가 됐을 때, 그때가 제일 보람 있었던 것 같아.

겨루   그러시겠어요~ 정말 그 성취감은 말로 표현할 수 없죠. 그런데 혹시 마트를 운영하시면서 힘들었던 일이나 고비는 없으셨을까요?

경숙 사장님   힘들었던 거는, 우리가 지금 코로나 시기를 겪고 있잖아. 2020년부터 시작된 그 시기가 가장 힘들었던 것 같아.

겨루   코로나가 정말 많은 가게를 힘들게 하는 것 같아요. 북촌과 같은 관광 명소에서 많이 일어나고 있는 현상에 대한 질문도 드리고 싶어요. 요즘 자영업자분들이 하시는 가게가 조금씩 사라지고, 스타벅스, 파리바게트 같은 프랜차이즈 가게가 많아지고 있어요. 점점 바뀌어가는 계동길을 보며 드시는 생각이 있다면 무엇인가요?

경숙 사장님   어머, 너무 길다 얘. 그러니까...?

겨루   죄송해요. 질문이 너무 길었죠? 요약하면 수연홈마트 같은 가게의 자리를 프랜차이즈가 점점 메꾸고 있다는 건데요, 이러한 마을의 상황에 대해 사장님의 자유로운 생각을 알려 주실 수 있을까요?

경숙 사장님   일단은 그런 프랜차이즈가 생기면서 관광객이 많아진 것 같기는 해. 그런데 이제 관광객이 많아지면서 그만큼 우리 동네 사람들이 없어져. 왜냐면 가게 세도 많이 오르고 집세도 많이 오르니까 여기서 예전처럼 살 수 있는 사람들이 많지 않은 것 같아. 그래서 그런 게 많이 아쉽긴 해.

겨루	저희 동네에 아이들이 많이 없는 것도 비슷한 이유 때문인 것 같아요. 중앙중학교에 다니는 친구들 중에서도 먼 곳에서 통학하는 친구가 많아서 학교가 끝나도 함께 놀지 못하는 경우가 많아요. 질문도 거의 끝나가네요. 사장님에게 계동길이란 어떤 의미일까요?
경숙 사장님	음, 갑자기 떨리네.
겨루	그냥 편하게 말씀해 주시면 돼요.
경숙 사장님	그냥 좋아. 응, 그냥 좋은 것 같아.
겨루	저도 그렇게 생각해요. 정말 그냥 이대로의 모습이 좋은 것 같아요. 제가 살고 있는 이 동네 자체가요. 이제 정말 마지막 질문입니다. 마지막으로 중앙중학교 학생들에게 한마디를 부탁드려요.
경숙 사장님	우리 애들도 중앙중학교를 다녔어서 더 가깝게 느껴지는 게 있는 것 같아. 지금은 학생

수가 많이 줄어서 학교의 북적임이 사라진 것 같아 좀 아쉽기도 해. 하지만 중학교를 졸업하면 고등학교, 대학교로 가서 더 큰 곳에서 생활하게 될 거잖아? 내가 진짜 좋아하는, 그래서 항상 꾸준히 할 수 있는 것을 하면서 살아가면 좋겠어. 그러려면 건강해야겠지. 학생도 건강해야 해!

다같이 네. 좋은 말씀 해주셔서 감사해요. 인터뷰하는 동안 수연홈마트에 대해 많은 것을 알게 되어 정말 좋았어요.

경숙 사장님 그래. 나도 너무 고마워. 고생했는데 음료나 아이스크림이라도 하나씩 들고 가. 음료수도 하나씩 줄까?

다같이 우와아! 정말 감사합니다. 잘 먹겠습니다!

경숙 사장님 잘 가요. 학생들.

다같이 안녕히 계세요!

믿음미용실

삶이 시가 되는 순간들: 학생 창작 시

나를 바라봐!	이승윤
미용실 ASMR	박두호

마을 가게를 만나다: 마을 가게 사장님 인터뷰 Q&A

이수경 사장님 × 박두호

믿음미용실은 계동길에서 5번째로 가장 오래된 공간입니다. 학생
손님들과 오랜 단골 손님들이 정겨운 이야기를 꽃 피우는 포근한
미용실입니다.

Mideum Salon is the fifth oldest shop in Guedong-gil and was established
in 1988. This is a cozy beauty salon where student customers and longtime
regulars tell sweet stories.

나를 바라봐!

이승윤

무심코 지나가다 보인
한 미용실 간판
옛날 모습 그대로인 게
인상적이다

힐끔힐끔, 옛 미용실은 어떨까~??
우와, 저 미용실은 되게 오래됐나 보다
괜히 한번 쳐다 보고
다시 걸어가기 시작한다

하지만 오래된 간판이
나를 가로막는다
거리의 미용실 간판과는 많이 달라서
눈길이 자꾸 미용실로 향한다

낡았지만 오래된
그 감성에 홀려
해롱해롱
빠져버린다

미용실 ASMR

박두호

'끼익 탁'
'안녕하세요'
안방 같은 미용실에
발을 딛는 소리

'퍽 쑤욱'
포근하게
의자에 몸을 맡기는 소리

'사각사각, 투둑'
사장님의 손놀림에 따라
머리카락 잘리는 소리
비처럼 내리는 나의 머리카락

'티틱, 위이잉'

사장님과 함께 나이 들어가는
선풍기 힘겹게 돌아가는 소리

'스윽 턱'
전과 달라진 내 모습
확인하는 소리

'끼익 툭'
'안녕히 계세요'
전과 달라진 나
보여주러 가는 소리

'툭'
좋아요 버튼
누르는 소리

마을 가게를 만나다

인터뷰어 박두호 × 인터뷰이 이수경 사장님

두호　사장님 안녕하세요. 마을 가게 인터뷰를 진행하게 된 중앙중학교 학생입니다. 사장님 성함은 무엇인가요?

수경 사장님　'이수경'입니다. 학생들 반가워요.

두호　편하게 맞이해 주셔서 감사합니다. 이곳 믿음미용실은 마을 주민분들의 사랑방으로도 유명한데요, 혹시 계동에서 미용실을 하게 된 계기가 있으실까요?

수경 사장님　옛날에는 내가 직장 생활을 했었는데 나이가 들다 보니 오랫동안 직장을 다닐 수는 없겠더라고요. 그래서 오래도록 할 수 있는 일이 뭐가 있을까 생각하다가 미용을 해보고 싶어서 자격증을 따고 미용실을 차리게 되었지요. 원래 내가 충주에서 살았는데 어떤 친구가 계동길을 소개해 줬어요. 그래서 서울로 상경한 뒤 계동길로 왔고, 자식들이 중앙중고등학교를 다니면서 이곳에 정착하게 되었어요.

두호   자녀분들이 저희의 선배이셨군요! 학생 전문 커트를 하시게 된 것도 자녀분들의 영향이 있으셨을 것 같아요. 혹시 커트를 할 때 좋아하는 스타일이 있으신가요?

수경 사장님   계동에는 학생들이 예전부터 매우 많았어요. 그리고 아들과 딸이 있어서 그런지 학생들의 머리를 다듬는 게 마음이 편하기도 했고요. 좋아하는 스타일은 '학생다운' 머리가 아닐까 싶어요. '학생은 학생답게'라는 말도 있듯이 차분하게 머리를 하면 깔끔해 보이고 예쁜 것 같아요. 가끔 아이들이 파격적인 머리를 요구할 때가 있는데, 그럴 때는 조금 곤란한 것 같아요.

두호   교복을 입을 때는 학생다운 머리가 제일 잘

시와 함께하는 우리 동네 한바퀴

어울리는 것 같기도 해요. 혹시 미용실을 운
영하시면서 인상 깊었던 에피소드가 있으셨
을까요?

수경 사장님 동네에 있는 작은 미용실이다 보니 단골손님
이 많아요. 예전에 이곳에서 학교를 다녔던
단골 학생 손님이 성인이 돼서 다시 찾아오는
일이 있었는데, 그게 가장 인상 깊었던 것 같
아요. 옛날에는 학생이었던 친구가 취업했다
고 찾아오고, 저를 부모님처럼 생각해 주는
게 너무 좋았어요.

두호 항상 이 자리를 지키고 있는 믿음미용실의 따
뜻함 때문 아닐까 싶습니다. 혹시 학생들에
게 알릴 만한 믿음미용실의 상징이 되는 물건
은 무엇인가요?

수경 사장님 가게엔 딱히 없는 것 같고, 오래된 간판이 미
용실의 상징 아닐까 싶어요.

두호 믿음미용실의 간판은 오랜 세월과 함께 정겨

운 느낌을 주는 것 같아요. 계동이라는 동네
에 딱 어울려요. 사장님이 바라보시는 우리
동네의 특징은 무엇인가요?

사장님 　서울 시내에 있는 동네지만 잔잔한 시골 동네
같은, 마치 달동네 같은 포근함이 있어서 좋
아요.

두호 　달동네라는 표현이 참 좋네요. 많은 사람들
이 계동길을 '오래된 한옥과 노포, 그리고 개
성 있는 가게들로 인해 외국인 관광객을 비롯
해 많은 이가 찾는 곳'이라고 말하고 있어요.
이런 표현에 대해 사장님은 어떻게 생각하시
나요?

수경 사장님 　확실히 요즘 관광객들이 많아진 것 같아요.
처음으로 계동길에 왔을 때는 여러 편의시설
이 없어서 불편하기도 했어요. 요즘에는 상
업 시설과 함께 다양한 편의시설이 많아져서
좋은 점도 많긴 하지요. 덕분에 관광객들도
이곳을 많이 찾고 있고요. 하지만 기존에 살

시와 함께하는 우리 동네 한바퀴

고 있던 주민들에게는 조금 안 좋을 수도 있겠다고 생각해요. 마을의 분위기가 바뀌고 있으니까요.

두호 요즘 계동길에 프랜차이즈 가게가 많이 생겨 나고 있어요. 이런 현상에 대해서는 어떻게 생각하시나요?

사장님 시간의 흐름에 따른 자연스러운 현상이니 따라가야 한다고 생각해요. 아마 젊은 사람들은 좋아하지 않을까요? 물론 아까 말했듯이 달동네 같은 계동길의 고유한 모습이 점점 사라지는 것 같아서 아쉬운 마음도 있지만요.

두호 마을의 모습은 바뀌고 있지만, 믿음미용실은 계속 이 자리에 남아있을 것 같아요. 혹시 언제까지 가게를 하실 생각이신가요?

수경 사장님 지금도 나이를 많이 먹었는데, 나는 여기서 끝까지 학생들 곁을 지키며 꼬부랑 할머니가 될 때까지 일을 하고 싶어요.

믿음미용실

두호   꼭 그러실 수 있을 거라 생각합니다. 저희도 졸업하고 다시 찾아올게요! 혹시 지금까지 인터뷰를 진행한 소감을 간단히 말씀해 주실 수 있을까요?

수경 사장님   중앙중학교는 정말 좋은 학교예요. 인성 교육도 잘 되어있고 공부도 다 잘하는 것 같아. 여러분 모두 축복 받은 것처럼 생각하고 공부 열심히 하세요!

두호   여기서 인터뷰를 마치겠습니다. 지금까지 친절하게 답변해 주셔서 감사합니다!

물
나
무
사
진
관

물나무사진관은 고풍스러운 흑백사진을 찍어주는 곳입니다. 가수
아이유도 사진을 찍어 더욱 유명해진 이곳에서는 매번 계동과 관련된
전시를 열고 있습니다.

MULNAMU STUDIO takes old-fashioned black and white high-quality
photos. It became more famous for taking singer IU's pictures. This place
holds an exhibition related to Gyedong every time.

여전히 그 자리에

마녀가 다녀간 뒤
점차 옛날의 모습을 잃어가는 계동길

그 가운데 무언가 소중한 보물을
품고 있는 듯한 한 사진관

어떤 마법을 부리는 곳인지 모르겠지만
몸이 이끄는 대로 발을 내딛는다

어린아이가 된 것처럼
사진관에 걸려 있던
한지로 되어있는 흑백사진을
싱크홀 같은 구멍이 생기도록
뚫어지게 쳐다봤던 나

방지은

역사의 흔적이 남아있는 듯한 종이
마치 우리 할머니의 거칠거칠 투박한 손
그런 한지 위에 그림을 그려놓은 듯한
흑백사진 한 장

아빠의 사진첩에서나 보던 흑백사진
낡고 아무 색도 가지지 않은 그저 그런 사진

사진관에서 다시 본 흑백사진
어릴 적 잃어버렸던 투명한 유리구슬처럼
반짝반짝 빛나고 있던
나만의 추억상자 같은.

앞으로도 언제나,
여전히 그 자리에

시와 함께하는 우리 동네 한바퀴

전신사조*
한국 문화의 수호자, 물나무사진관

문
서
윤

1960년,

양은냄비 공장이었던 이곳.

2011년,

물나무사진관으로 탈바꿈한 이곳.

벌써 12년째

계동길에 자리잡은

물나무사진관

눈을 돌리자

흑백의 풍경이 눈에 비친다.

오직 손으로만 이루어지는 흑백의 예술

* **전신사조** 전신사조는 인물의 외형 묘사에만 그치지 않고 그 인물의 고매한 인격과 정신까지
나타내야 한다.

오직 한국의 색만이 존재하는 이곳.

외국 문화의 폭풍으로부터
한국 문화를 지켜주는 수호자,
물나무사진관

새것

왜 LP판은 오래된 것일수록 가치가 높아지고
가구도 앤티크한 것을 가지고 싶어 하고
옛 감성이란 걸 좋아하면서

사진은 왜
화질이 꼭 좋아야 해?

장준영

기준

각자 추구하는 기준은 다르다.

전
이
안

어떤 사람은 유명한 그림과도 같은 아름다움을
어떤 사람은 현대적인 건물과도 같은 심플함을 추구
한다.

저 두 기준은
가끔 명절 때 모인 가족들처럼
어떠한 곳에서 만날 때가 있다.

물나무사진관의
첫인상이었다.

시와 함께하는 우리 동네 한바퀴

준영   안녕하십니까 여러분, '장 퀴즈 온더 블럭'의 장준영입니다. 오늘은 자칭 위대하시고 똑똑하신 전이안 작가님을 만나보겠습니다. 박수로 환영해 주세요!!

이안   네 안녕하십니까, 자칭 똑똑하고 위대하신 전이안 작가님입니다.

준영   작가님, 모둠 대표 시인으로 뽑히셨는데 소감 한번만 말씀해 주세요.

이안   모둠에서 저 말고도 시를 잘 쓴 친구가 있었는데, 결국 제가 뽑혀서 정말 기뻤어요!

준영   다시 한번 축하드립니다. 제목을 '기준'이라

고 정하셨는데 그렇게 지은 이유가 무엇인
가요?

이안   사실 저희 모둠은 물나무사진관에서 인터뷰
를 제대로 하지 못했어요. 인터뷰가 무산되
다 보니 그나마 제가 자신 있게 쓸 수 있는 것
이 무엇일지 찾아보게 되었고, 그것이 바로
사진관의 첫인상이었습니다. 그래서 물나무
사진관의 첫인상을 주제로 삼고, 그것을 '기
준'이라고 비유하여 표현해 보았습니다.

준영   그래서 마지막 구절로 "그것이 물나무사진관
의 첫인상이었다"라는 문장을 쓰셨던 거군
요. 혹시 '기준'이 품고 있는 의미를 조금 더
구체적으로 설명해 주실 수 있을까요?

이안   우선 각자의 기준은 모두 다릅니다. 예를 들
어서 책을 고를때 누군가는 공포를 중심으
로 책을 찾고 누군가는 코미디를 중심으로
책을 찾습니다. 이처럼 개개인이 사진에 대
해 추구하는 기준이 다름을 알리고 싶었습니

시와 함께하는 우리 동네 한바퀴

다. 또한 아까 말씀드렸듯이 이 시에서 '기준'
이라는 단어는 물나무사진관의 첫인상을 비
유한 표현입니다. 그렇기 때문에 기준이라는
단어에 숨겨져 있는 의미는 '아름다움'과 '심
플함'이라는 저마다의 기준들이 합쳐진, 제가
바라본 물나무사진관의 모습을 의미하는 것
아닐까 생각합니다.

준영 시인님에게 이렇게 많은 생각을 불러일으킨
공간이죠. '물나무사진관'에 대해 어떤 생각
을 가지고 계신가요?

이안 물나무사진관은 계동에서 좀 특별한 공간이
아닐까 생각합니다. 다른 사진관과는 다르게
한지에 흑백사진을 찍는 것도 특별하고, 그
속에 전통적이며 한국적인 문화를 품고 있다
는 사실은 특별한 느낌을 더 크게 만들어줍
니다.

준영 저 또한 물나무사진관의 흑백사진을 새로운
시각으로 바라보게 되는 것 같습니다. 그럼

이제 마지막 질문을 던질 차례입니다. 전이안 시인님은 앞으로 어떻게 시를 대할 예정이실까요?

이안 시를 쓸 때는 규칙을 지키는 것보다 자신의 생각을 시에 여러 방면으로 풍부하게 표현해 보는 것이 중요하다고 생각합니다. 앞으로도 시를 쓸 때 머릿속에 떠오른 생각을 자유롭게 표현해 보며 즐거운 시 쓰기를 할 생각입니다.

왕짱구식당

왕짱구식당은 계동에서 4번째로 오래된 가게입니다. 달콤한 맛탕과 따뜻한 어묵이 학생들의 눈길을 사로잡고, 여름에는 시원한 슬러시도 맛볼 수 있습니다.

Wangjjanggu restaurant is the 4th oldest restaurant in Gyedong. Sweet mattang and warm fish cakes catch the attention of students, and in summer, you can taste cool slushies.

짱구를 기억해 줘

안효민

아침에는
맛탕 덕분에
북적북적

점심에는
라면 덕분에
북적북적

저녁에는
삼겹살 덕분에
북적북적

하지만
이젠
그 소리가

들리지 않네

북적북적 우리 동네
짱구의 하루를
기억해 줘

왕짱구식당

김
태
서

창덕궁
경복궁
옛날 왕들이 살던 곳,

짱구가 유행할 당시 만들어진
계동길 작은 식당

막걸리를 담는 찌그러진 주전자에도
움푹 꺼진 식당 의자에도
37년의 세월이
묻어난다

잠시
동네의 추억을 꺼내볼 수 있는
사진 앨범 같은 곳

옛것이 그리울 때
가볼 수 있는 곳

왕짱구식당

시와 함께하는 우리 동네 한바퀴

계동의 가치

계동에서
4번째로 오래된
왕짱구식당

윤산

동네의 오랜 기억들을
한가득 품고 있는
소중한 공간

하지만,

폭풍같이 다가와
많은 피해를 준
코로나

물밀듯 들어와

자리를 차지하는
프랜차이즈 가게들

식당이 기억하는
소중한 추억들을
우리도 함께
추억해야 하지 않을까

활동을 마치며

윤
산

중앙고등학교 정문으로 나오면 계동길을 따라 여러 카페와 식당들이 줄지어 서 있다. 가벼운 발걸음으로 내리막길을 걷다 보면 푸짐한 맛탕으로 눈길을 끄는 가게가 있다.

계동에서 4번째로 오래된 가게인 왕짱구식당은 맛탕, 슬러시와 같은 분식 메뉴와 함께 각종 찌개류와 막걸리 등을 판매한다. 가게는 오래된 곳이다 보니 확실히 낡은 느낌이 든다. 식탁과 의자도 옛날 것이고 오랫동안 하셨다는 세월감이 느껴졌다. 하지만 그래서 더 좋았다. 요즘 레트로 열풍이 일고 있다고 하는데, 유행 때문에 좋은 것으로 느끼는 건지 아니면 낡은 것이 주는 정겨움이 있는 건지 잘 모르겠다. 하지만 이유가 무엇이든, 좋은 것은 좋은 것으로 충분하다. 또한 이곳에서 사진을 찍으면 마치 과거로 돌아간 듯한 느낌을 담을 수 있다. sns용 사진을 찍고 싶은 사람들에게 강력 추천한다.

박영기 사장님께서는 지금까지 무려 37년 동안 가게를 운영해 오셨다고 한다. 우리 나이의 두 배가 넘는 세월을 보낸 이곳은 이름부터 정말 독특하다. 지금 생각하면 유치해 보일 수 있는 이름이지만, 사장님께서 가게를 차릴 당시에는 짱구라는 말이 유행이었다. 또한 북촌 계동은 예로부터 창덕궁, 경복궁 등 왕이 살았던 곳과 가까웠기 때문에 '왕+짱구' 식당이라는 이름이 탄생했다. 생각해 보면 무슨 말도 안 되는 작명 센스인가 싶기도 하지만, 뜻밖의 두 단어가 합쳐지니 정감 넘치는 이름이 만들어진 것은 참 신기한 일이다.

왕짱구식당 역시 코로나의 영향으로 어려움을 겪으셨다고 한다. 다행히 어려운 시기를 잘 이겨내셨지만, 최근에는 젠트리피케이션으로 인해 또 다른 위기가 찾아오고 있다는 것도 알게 되었다. 동네 어르신들이 연세가 많이 드셔서 계동을 지키는 사람들이 점점 줄어들고 있다는 박영기 사장님의 말씀이 안타깝게 느껴졌다. 왕짱구식당은 오래도록 계동에 남아 우리 동네를 지켜주는 곳이 되었으면 좋겠다.

인터뷰를 하기 전에는 이곳이 그저 학교 앞에 있는 조금 오래된 식당인 줄로만 알았다. 가끔은 맛탕을 한번 먹어볼까 생각하기도 했지만 항상 별생각 없이 지나칠 뿐이었다. 하지만 박영기 사장님과의 인터뷰를 통해 왕짱구식당이 어떤 식당인지 알게 되자, 나의 마음도 조금 바뀌었다. 그저 학교 앞에 있는 오래된 식당이 아닌, 37년이란 오랜 시간 속에서 소중한 가치를 품고 있는 우리 동네의 자랑스런 '왕 짱구' 식당으로 말이다.

시의 향기가 흐르는 북촌 스탬프 투어 웹사이트
왕짱구식당

카
페
소
소

삶이 시가 되는 순간들: 학생 창작 시

마을 가게를 만나다: 마을 가게 사장님 인터뷰 Q&A

달달한 디저트와 진하고 맛이 좋은 커피, 그리고 친절한 사장님 덕분에
동네의 모든 사람들이 좋아하는 이곳. 카페소소에 들러서 편안한
분위기를 느껴보세요.

Everyone likes this cafe thanks to sweet desserts, warm tea and a kind
owner. Stop by Cafe So-so and feel the relaxed atmosphere.

핫초코

학교가 끝났다
오늘도
피곤해진 몸으로
집을 향해
터벅터벅 걸어간다

그러던 중 내 눈에 들어온
조그마한 간판
카페소소

결국 유혹을 이기지 못하고
가게로 들어가 있는 나

캬

강
엘
리
엘

달콤한 핫초코를 먹으니
오늘 하루의 피로가

싸악

다음엔 자몽에이드,
너로 정했다!

발걸음

이
현

북촌 계동길에 위치한
소박하고 작은 카페에서
가만히 창밖을 내다본다

카페소소를 지나는
사람들의 숨가쁜 발걸음이
총총거린다

따뜻한 차 한 잔에
고즈넉한 분위기를 마시며
생각해 본다

계동의 소소한 카페를 지나며
사람들의 소소한 일상이 사뿐사뿐

카페소소

가벼운 발걸음으로
남았으면

소소한 것 같은 카페

최관우

오잉,
이 카페는 처음 보는군
카페소소라는데,
마음이 편해지는 카페이군
한번 들어가 볼까?

오후 세시 반
문을 힘껏 밀고 들어가 보니
사장님은 굉장히 친절하셔
인사이드 아웃의 행복 같아
사장님의 마음 가득 담은
아메리카노를 주문해야지!

오 마이 갓,
나의 아메리카노여

너무 맛있어

오호,
사장님과 친해 보이는
학생들이 들어왔어
무슨 일일까

어? 인터뷰를 하는 건가?
무슨 이야기일까 궁금하지만
난 눈치껏 빠져야겠지...?

마을 가게를 만나다

인
터
뷰
어

최
관
우

×

인
터
뷰
이

윤
희
나

사
장
님

관우 안녕하세요. 마을 가게 인터뷰를 하러 왔는데 지금 인터뷰 가능하실까요?

희나 사장님 네, 가능합니다. 준비되시면 인터뷰 시작해 주세요. 아, 음료 한 잔씩 드시겠어요?

관우 네, 감사합니다! 음, 저는 아이스티 마실래요!

희나 사장님 네, 잠시만 기다려주세요.

관우 (약 5분 뒤) 이제 인터뷰를 시작해 보도록 하겠습니다. 음료가 정말 맛있었어요! 제가 마신 아이스티 말고도 맛있는 음료가 많을 것 같은데, 가장 인기가 많은 메뉴가 무엇인가요?

희나 사장님   자몽 주스와 미숫가루가 인기가 많아요. 손님들이 재료가 풍부해서 맛이 좋다고 항상 말씀하세요.

관우   다음에는 두 음료를 마셔봐야겠는데요? 그럼 사장님이 가장 좋아하시는 메뉴는 무엇인가요?

희나 사장님   아메리카노예요. 이제 쓴맛을 아는 나이가 되어버려서 그런지 아메리카노가 가장 맛있는 것 같아요.

관우   어른들은 아메리카노를 좋아하시는 것 같아요. 저희에게는 아직 먼 이야기인 것 같지만요. 저희가 가게에 방문하기 전에 사전 조사를 해봤는데, 네이버 후기가 정말 좋더라고요. 혹시 이런 좋은 평가를 유지하는 비결이 있으실까요?

시와 함께하는 우리 동네 한바퀴

희나 사장님   비결이랄 것까지는 따로 없는 것 같아요. 그래도 굳이 하나 꼽자면, 아마 재료를 다른 카페보다 많이 넣는 것 아닐까 싶어요. 근데 사실 저랑 친하신 마을 분들이 주로 댓글을 달아주셔서 평점이 높게 유지될 수 있었던 것 같아요. 그 외의 사람들은... 진심이 통한다고 해야 하나요?(ㅎㅎ)

관우   진심이 통하는 것이라고 생각해요. 저희에게도 느껴졌습니다! 손님들과 좋은 관계를 유지하시는 것 같은데 카페를 운영하시면서 기억에 남는 일은 무엇이었나요?

희나 사장님   음, 가게를 운영하면서 가장 즐거운 일은 손님들이 잊지 않고 우리 가게를 찾아와주신다는 것 같아요. 몇 년 전에 한 외국인 손님이 오셔서 쿠폰을 드린 적이 있어요. 그런데 1년 뒤에 다시 찾아오셔서 그때의 그 쿠폰을 사용하고 가셨었거든요. 외국인 손님들까지 이 가게를 잊지 않고 찾아준다는 사실이 신기하고, 또 보람찼던 것 같아요. 그 외국인 손님은 그 뒤로도 매년 가게를 방문하고 계셔요!

관우   카페소소의 평점이 좋은 이유를 알 수 있는 것 같아요. 그런데 '소소'라는 이름은 무슨 뜻을 가지고 있나요? 저희가 영어 수업 시간에 가게 소개글을 쓰면서 번역해 보니 'so so', 그러니까 그저 그런 카페가 되어버리더라고요.

희나 사장님   아! 그거 한자예요. '소소笑笑'가 한자로 행복함을 뜻하는데, 저도 북촌에서 소소하고 행복하게 살고 싶어서 이름을 카페소소라고 지었어요.

관우   말씀을 들어보니 카페의 이름처럼 소소하고 행복한 기운이 느껴지는 것 같아요! 그런데 가게를 운영하다 보면 항상 행복할 수는 없을 것 같아요. 혹시 카페를 운영하시면서 가장 힘들었던 순간은 언제이셨을까요?

희나 사장님   여러분이 2014년도에 몇 살이였죠? 그때 세월호 사건이 있었는데 기억나세요? 그때 제

시와 함께하는 우리 동네 한바퀴

가 너무 안타까운 마음에 세월호를 잊지 말아 달라는 포스터를 붙여두었는데, 어르신들이 계속 와서 화내시고, 포스터를 떼 가신 적이 있어요. 그때부터 어르신들이 조금 무섭게 느껴졌어요. 누가 뭐라고 하면 화들짝 놀라는 트라우마 같은 게 생긴 것도 같아요.

관우 정말 힘든 일을 겪으셨군요. 포스터를 떼 가셨다니 너무하셨네요. 아마 이곳 북촌 계동에 어르신들이 많이 살고 계셔서 그럴 것 같기도 해요. 왜 굳이 이곳에서 카페를 차리게 되셨나요?

희나 사장님 사실 제가 예전에는 음악을 했었어요. 대부분의 음악가가 그렇듯 저도 가난했어요. 하루는 고모가 저한테 연락을 하셔서 북촌에 카페를 차렸는데 조금 도와달라고 하셨지요. 그 후로 계속 카페에서 일을 하다가 고모가 돌아가신 후, 카페를 물려받아 운영하고 있어요.

관우   처음 북촌에 왔을 때 북촌의 분위기는 어땠을
     지 궁금해요.

희나 사장님 처음에는 조용한 시골 느낌이었어요. 지금같
     이 북적거리는 느낌은 아니었지요. 예전에 '1박
     2일'을 북촌에서 찍은 적이 있는데 그 뒤로 북
     촌이 갑자기 유명해진 것 같아요. 곧이어 드라
     마 촬영도 많이 하고, 아마 중앙고등학교에서
     도 드라마를 찍은 적이 있을 거예요.

관우   북촌이 관광지가 되면서 젠트리피케이션도
     가속화되고 있는 것 같아요. 요즘 동네에 프
     랜차이즈가 많아지면서 기존에 있던 가게들
     이 문을 닫는 경우가 생기곤 하는데, 혹시 카
     페소소에서도 그런 현상을 느끼고 계신가요?

희나 사장님 네. 많이 느끼고 있죠. 몇 달 전에 제가 가게
     리모델링 공사를 했어요. 그런데 건물주님이
     갑자기 월세랑 보증금을 올리시더라고요. 그
     것 때문에 장사를 그만둬야 하나 생각도 했었
     어요. 하지만 지금은 손님들께 힘을 얻어서

시와 함께하는 우리 동네 한바퀴

다시 가게를 운영하는 중이에요

관우   가게를 유지하시기로 하셔서 다행이에요. 카
페소소가 사라진다면 슬퍼하시는 손님들이
정말 많을 것 같아요. 그런데 여기, 북촌에
계신 사장님들은 서로 다들 친하신가요?

희나 사장님   예전부터 장사하시던 분들과는 서로 친한 것
같아요. 그런데 프랜차이즈 가게들을 비롯해
서 최근에 장사를 시작하신 사장님들과는 만
나면 인사하긴 하는데, 좀 서먹서먹하죠.

관우   가게 사장님들이 모두 힘을 합쳐서 젠트리피
케이션을 잘 이겨내실 수 있었으면 하는 마음
이에요! 혹시 윤희나 사장님께서는 이곳 북
촌에서 꼭 이루고 싶으신 일이 있으신가요?

희나 사장님   딱히 이루고 싶은 일은 없지만, 북촌 계동에
서 계속 가게를 하는 것이 제 소원이에요. 손
님들과도 계속 만나고 주위 가게 사장님들과
도 함께 소소하게 살고 싶어요.

관우 윤희나 사장님의 소소한 생활 응원하겠습니다. 저희도 앞으로 많이 방문하도록 할게요. 오늘 인터뷰 정말 감사했습니다!

희나 사장님 아니에요. 제가 답변하기 쉽게 노력해 주셔서 감사했어요.

관우 제가 이제 다른 모둠 친구들의 인터뷰를 도와 줘야 해서 가봐야 할 것 같아요. 멋진 답변들 다시 한번 감사드립니다. 다음에는 자몽 주스 마시러 올게요!

희나 사장님 네. 안녕히 가세요!

정애쿠키

정애쿠키는 올해 77세 되신 사장님께서 운영하고 계시는 북촌의 작고
소소한 가게입니다. 버터가 들어가지 않고 우리 밀 통밀가루로 만든 수제
쿠키를 판매하고 있습니다.

Jeongae Cookie is a cozy cookie cafe in Gye-dong, run by an old woman
who is 77 years old. This cafe sells cookie made with organic wheat flour.

북촌의 기둥

유령처럼
신경도 안 쓰던 가게

김민준

구수한 쿠키를 사 먹어보고 나선
알고만 있던 가게

가게에 대한 대화를 해보고 나니
중요한 기둥처럼 느껴지는 가게

이젠

북촌을 받들고 있는
기둥 같은 가게들이
눈에 들어온다

정애쿠키

쿠키, 행복과 기쁨

서
민
겸

매일 관광객으로 붐비는
북촌 계동에 들어선
작은 쿠키 가게

인자한 눈빛으로
상냥한 목소리로
사람들에게

쿠키를
행복을
기쁨을

그
미소를

나누어준다.

세 개의 쿠키

이 가게에,
세 개의 쿠키가 있다

가족들의 기억이 스며든
검붉은 고추쿠키

흔한 듯 특별해 보이는
세 쌍둥이 초코쿠키

77년의 세월이 녹아든
친절하고 따뜻한 정애쿠키

매콤한 듯 달콤한 그 맛이
고소하고 따스한 그 냄새가
그 세 개의 쿠키 뒤에

그 가게 안에

고스란히
스며들어 있다

정애쿠키

활동을 마치며

한
나

정애쿠키는 우리가 하교하면서 자주 보는 가게 중 하나이다. 고등학교 정문으로 나가서 길을 계속해서 걷다 보면 여러 가게들 사이에 있는 작은 쿠키 가게를 볼 수 있다. 4~5평의 아담한 가게이지만 안에 들어가면 아기자기한 분위기와 쿠키 냄새로 가득하다. 두 개의 테이블에는 귀여운 소품들이 놓여 있고, 벽에는 사장님의 사위분께서 그리신 그림들이 걸려 있다. 사장님 곁의 오븐을 열면 갓 구운 따끈한 쿠키가 나올 것 같은 느낌이 든다.

사실 인터뷰를 시작하기 전까지 정말 많은 사건이 있었다. 인터뷰를 하러 가게 앞까지 차를 타고 왔는데, 전화를 받지 않는 모둠원들 때문에 불안한 마음이 들었다. 걸음마다 주위를 둘러보면서 조원들을 찾는데 급급했다. 결국 약속 시간이 다 되어서 아슬아슬하게 한 명이 도착했지만 나머지 한 명은 전화도, 문자도, 그 어떤 연락도

받지 않았다. 통화 연결음만이 내 귀에서 맴돌 뿐이었다. 이런 와중에도 아이스크림을 먹으며 태연하게 기다리는 나머지 조원의 모습을 나는 뒷목을 잡으며 지켜봤다. 결국 우리는 약속된 시간보다 30분 늦게 인터뷰를 시작하게 되었다. 인터뷰 약속을 까먹었다는 친구의 목소리가 야속하게만 느껴졌다.

시작은 위태로웠지만, 본격적인 인터뷰를 위해 가게 안으로 들어가자 마음이 사르르 녹아내렸다. 우선 아기자기한 가게 인테리어가 눈길을 사로잡았다. 입구 바로 왼쪽에는 3가지의 쿠키가 진열되어 있었는데, 옹기종기 모여 있는 모습이 귀여웠다. 검붉은색의 독특한 '고추 쿠키'와 진한 '초코 쿠키', 그리고 사장님의 성함을 따서 만든 '정애 쿠키'. 세 가지 쿠키 향이 조화롭게 뒤섞여 가게를 가득 채우고 있었다. 모자를 쓰고 앞치마를 하고 계셨던 이정애 사장님은 조용한 미소로 우리를 반겨주셨다. 언제 그랬냐는 듯 처음의 불안했던 마음은 사라지고 나 또한 가게의 편안한 분위기에 동화되는 느낌이었다.

사장님께서는 나긋한, 마치 다람쥐 같은 아담한 목소리로 친절하게 질문에 답해주셨다. 특히 손님들 얘기를 하실 때면 미간의 주름이 펴지며 목소리가 밝아지셨다. 여러 가지 이야기 속 행복했던 과거를 회상하시며 우리에게 끊임없이 이야기를 풀어주셨다. 그런데 중간에 작은 해프닝이 하나 생겼다. 인터뷰 중간에 '사장님'이라는 명칭 대신 '할머니'라는 표현을 사용한 것이다! 사장님의 맑았던 표정이 순간 굳어지는 것 같아 심장이 철렁했다. 친구도 사장님의 표정을 봤냐며 나를 놀려댔다. 이런 식으로 실수도 조금 했지만 인터뷰는 나름 잘 마무리된 것 같았다.

사실 인터뷰 전에는 정애쿠키가 어디에 있는 가게인지도 잘 알지 못했다. 나는 집이 좀 멀어서 중앙중학교에 입학하고 나서야 처음 계동길에 발을 들였었다. 그래서 계동에 있는 가게인 '정애쿠키'라는 이름을 처음 들었을 때 생소한 느낌이 들었다. 친구들이 좋아하는 '아붕(아이스크림 붕어빵)' 근처에 있는 조그마한 쿠키집. 정애쿠키는 나에게 인터넷 검색을 하면 알 수 있는, 딱 그 정도의 의미일 뿐이었다. 하지만 자료를 조사하고 인터뷰를 하는 과정에서 나의 인식은 바뀌게 되었다.

겉으로는 딱딱해 보여도 들어가면 아기자기하고 분위기 좋은, 세 개의 쿠키가 손님들을 반기는, 2013년부터 10

년 동안 어머니의 마음으로 쿠키를 만드시는 사장님이 계신, 계동길의 따스한 가게. 말로는 다 표현하기 어려울 듯하다. 꼭 한번 정애쿠키를 방문해서 친절하고 따뜻한 이정애 사장님의 정성을 맛보길 바란다.

시의 향기가 흐르는 북촌 스탬프 투어 웹사이트
정애쿠키

더한옥카페

삶이 시가 되는 순간들: 학생 창작 시

마을 가게를 만나다: 마을 가게 인터뷰 보고서

더한옥카페는 계동길을 대표하는 한옥 카페입니다. 이곳에는 커피뿐만이 아니라, 전통차와 브런치, 디저트 등 다양한 먹거리가 있습니다.

The Hanok Cafe is a hanok cafe representing Gyedong-gil. This place has a wide variety of food and drinks including traditional tea, desserts, brunch, and more.

동굴에 사는 곰

박
재
형

더한옥카페는 동굴 같아
어두운 조명과
조용한 카페 분위기가 동굴 같아

사장님은 곰 같아
흘깃 쳐다보는 눈빛이
사냥감을 발견한 곰 같아

그래서 난 생각했어
동굴에 사는 곰 같다고

이야기를
나누다 보니
알겠어

125

지친 발걸음을 잠시
쉬었다 갈 수 있는
시원한 동굴 같아

구수한 전통차를
내어주시는 손길이
따뜻한 곰 같아

역시
동굴에 사는
곰 같아

시와 함께하는 우리 동네 한바퀴

그... 카페

익숙한 우리 동네에 있는
외국인들이 많이 가는
그... 카페

장
희
상

분위기 있는 노래와,
아름다운 한옥
한지로 덮여 있는 조명
사장님의 마음이 담긴
전통차가 있는
그... 카페

내 집처럼 따뜻한,
소파처럼 편안한
그... 카페의 이름은

더한옥카페

기억났다!

바로

'더한옥카페'

더 열심히 할 걸

조효원

전통 느낌 물씬 풍기는 가게 한 채
친구들과 떠들면서 항상 지나치는 곳

따뜻한 조명과 향긋한 차 향기가
인터뷰 온 우리를 맞는다

인터뷰 설문지를 실수로
다른 분에게 보냈음에도
호탕하게 웃어 넘기시는 사장님

긴장 탓에
실수할까 봐 조마조마

질문을 던지다 보니
어느새 마지막 질문

아쉬운 듯
입이 머뭇거린다

인터뷰를 마치고 나니
더 열심히 할 걸,
후회하고 또 후회한다

시와 함께하는 우리 동네 한바퀴

차와 커피 사이

정민재

라떼 아트처럼 예쁘고
마키아토같이 따뜻하고 부드러운 곳

대추차처럼 전통적이고
녹차같이 힐링되는 곳

커피 같기도
차 같기도 한 이곳은
더한옥카페

마을 가게를 만나다

정민재

고즈넉한 카페, '더한옥'과 북촌

계동길의 카페인 '더한옥'은 보통의 카페와는 다르게 '전통차'를 판매하고 있다. 보통 카페라고 하면 커피, 스무디, 케이크와 같은 메뉴들을 판매하는데 이곳에서는 '전통차'라는 특색 있는 메뉴를 판매한다. 궁금증을 느낀 우리 모둠에서는 더한옥카페의 이진화 사장님께 인터뷰를 청했다.

> 아무래도 건물이 한옥이다 보니 외국 손님들이 많이 오셔서 대한민국의 전통 문화를 알리기 위해 판매하게 되었습니다. 그래서 대추차나 쌍화차가 가장 자신 있는 메뉴예요. 외국인 손님들도 많이 좋아하시더라고요.

북촌에 외국인 손님들이 많이 방문한다는 특징을 활용한

좋은 아이디어였다. 우리는 카페에 흥미를 느껴 '더한옥'에 대해 더 자세히 질문하기 시작했다.

더한옥카페는 오픈한 지 10년쯤 됐어요. 제가 인수받은 지는 한 8년 정도 됐고요. 이 계동길 골목에서 한옥카페로써는 최초입니다.

'계동 최초의 한옥 카페'라는 말도 놀라웠지만, 지인에게 가게를 인수받았다는 사실이 조금 신기했다. 다른 사람이 하던 가게를 인수받는 것은 이미 색이 칠해진 도화지에 덧그리는 것이 아닐까 생각한다. 하얀 도화지에 그림을 그리는 것보다 더욱 힘든 길일 것 같다. 사장님이 더 대단해 보였다.

카페를 운영하면서 외국 손님들이 계속 찾아오고, 또 찾아오고, 매년 찾아와서 음식을 드시는 경우가 많아요. 한국을 오면 항상 들렀다 가시더라고요. 그게 가장 뿌듯했어요. 물론 힘든 일도 있었어요. 가게를 시작하면서 동네 사람들과 소통하는 것이 약간 힘들었어요. 이 주변에 약간 텃세가 있었던 것도 같아요. 근데 몇 번 소통하고 나니 서로 신경 써주고 챙겨주셨어요. 지금은 정말 잘 지내고 있습니다.

'텃세'라는 단어가 많은 생각을 불러일으켰다. 텃세가 있다는 것은 마을 사람들이 예민해져 있음을 의미한다. 어쩌면 북촌이 수많은 관광객으로 몸살을 앓고 있기 때문일지도 모르겠다. 현재 북촌 주민들은 많은 관광객들로 인한 소음, 불법 주정차, 쓰레기 무단 투기 등 여러 가지 피해를 겪고 있다. 이 질문을 통해 북촌의 관광 문제를 다시 실감하게 되었다.

> 북촌에서도 임대료 상승이 많이 있었어요. 프랜차이즈는 이쪽 라인에 들어오지 못하고, 아래쪽 라인에 스타벅스 같은 매장들이 위치해 있어요.

프랜차이즈 매장이 들어오지 못하는 곳이 있다는 말을 듣고 조금 안심하게 되었다. 서울시도 북촌의 젠트리피케이션 문제를 조금이라도 인지하고 있음을 보여주는 사례였다. 낙후된 지역에 사람들이 많이 찾아오면서 지역에 활력이 생기는 젠트리피케이션은 자연스러운 과정이다. 하지만 그로 인한 결과는 임대료 상승을 비롯한 여러 문제를 일으켜 기존의 주민들을 몰아내고, 궁극적으로는

시와 함께하는 우리 동네 한바퀴

그 지역을 다시 쇠퇴시키기도 한다. 그렇기 때문에 서울시는 북촌의 젠트리피케이션 문제를 막을 수 있는 방안을 내야 한다고 생각한다.

북촌의 소중한 공간을 위해, 소중한 공간인 북촌을 위해 많은 사람이 북촌이 겪고 있는 불편함에 관심을 가졌으면 좋겠다.

대구참기름집

삶이 시가 되는 순간들: 학생 창작 시

시인과의 대화: 학생 시인 인터뷰 Q&A

최현서 × 김지원

이곳은 계동에서 두 번째 오래된 가게로 47년 전통의 대구참기름
전문점입니다. 방과 후, 지치고 피곤할 때 이곳을 지나치면 고소하고
향긋한 향기에 눈이 번쩍 뜨이는 느낌입니다.

This is the second oldest store in Gye-dong, and it is a Daegu sesame oil
specialty store with a 47-year history. If you pass by this place when you
are exhausted and tired after school, the fragrant scent opens your eyes.

오래된 장난감

김
지
원

싱 — 싱 — 쌩 — 쌩
대구에서 서울까지
고소한 향기를 싣고 달리던
대구 참기름집
장난감 자동차

덜커덩 — 덜커덩 —
우웅 — 우웅 —
비록
소리는 나지만
잘 굴러가네

덜커덩 — 덜커덩 —
으음 — 으음 —
비록

조금은 힘겹지만
묵묵히 굴러가네

덜커덩 — 덜커덩 —
세월 담은 소리와 함께
내일도
고소한 향을 짜내고 있을
그때 그 장난감 자동차

계동길의 마술쇼

이동균

계동길을 내려가다 보면
길게 늘어선 여러 가게들

그런 가게들 중
많이 낡아 보이는 가게 하나가
눈길을 사로잡는다.

참기름 향기와
참깨 들깨 볶는 향기로
가득찬 가게

참깨 들깨로
기름 짜는 소리가
퍼지는 가게

마치 젖은 휴지를 짜듯
기름이 술술
오후 4시까지 펼쳐지는
사장님의 마술쇼

계동길을 내려가다 보면
길게 늘어선 여러 가게들

그 속에 마술 같은 향기를 품은
대구참기름집이 있다.

골동품

나의 하굣길은 책이다.
한 장 한 장 넘길 때마다
끊임없이 변한다.

구멍가게의 간판은 GS25가 되고
봄 냄새가 여름 냄새로
초등학생이 중학생으로

하지만 그곳은,
주변이 변해도
세월이 흘러가도,

여전하다.

한결같은 고소한 향수

최
현
서

대구참기름이라고 쓰인
한결같은 간판

변하지 않는다.
그래서 나는
그곳이 좋다.

너도 소중한 걸 아는 걸까,

변하지 않는 모습으로
자꾸만
변해가는 것들을
반겨주네.

시와 함께하는 우리 동네 한바퀴

시인과의 대화

인터뷰어 인터뷰이

김지원 × 최현서

지원   엇, 저기 있네요. 최현서 시인님 안녕하세요. 반갑습니다. 지금부터 시인님과의 인터뷰를 시작해 보도록 하겠습니다!

현서   네 저도 반갑습니다. 궁금하신 것은 편하게 물어봐 주세요.

지원   그럼 우선 베스트 시인으로 뽑히셨잖아요. 기분이 어떠신가요?

현서   아휴, 잘 쓰지도 못했는데 잘했다고 해주니까 기분이 좋죠.

지원   참 겸손하시네요! 시가 매우 좋았는 걸요. 특히 표현 방법이 인상 깊었는데요. 대구참기

름집을 '골동품'이라고 표현한 것이 참 신선
했습니다. 혹시 시 창작과 관련된 모티프가
있었나요?

현서 음, 우선 시의 주제가 되는 공간이 우리 동네
에서 두 번째로 오래된 가게 '대구참기름집'
인 만큼 오래된 것의 가치를 드러낼 수 있는
소재로 쓰고 싶었어요. 그래서 '골동품'을 제
목으로 정해보았습니다.

지원 대구참기름집은 1970년부터 지금까지 이어
진 오래된 가게이기에, 저희 학생들에게는
'골동품'처럼 느껴지는 가게가 아닐까 생각
합니다. 정말 적절한 표현이었던 것 같아요.
이 밖에도 시에서 좋은 표현이 많은데, 혹시
시를 쓰면서 가장 어려웠던 것은 무엇이었
나요?

현서 대구참기름집은 그 자리를 그대로 지키고 있
지만, 점점 계동길에서는 예전의 그 모습들
이 사라지고 있어요. 이것을 나타내고 싶었

는데 비유를 활용해서 표현하기가 참 어렵더라고요. 덕분에 계속해서 수정했었어요.

지원   그래도 많은 고민을 해주신 덕분에 계동의 변화 속에서 자리를 지키고 있는 대구참기름집의 모습이 더욱 잘 드러난 것 같습니다. 이건 제가 개인적으로 궁금했던 것인데요. 왜 시의 처음 부분에서 하굣길을 책이라고 표현하셨나요?

현서   하교를 할 때, 길을 걷다 보면 자꾸자꾸 풍경이 변하잖아요. 이렇게 계속 변화하는 모습을 담을 수 있는 상징물을 떠올리다 보니 페이지마다 새로운 이야기가 담겨 있는 책이 떠올랐어요.

지원   정말 좋은 표현인 것 같아요. 그 책에는 우리의 이야기, 그리고 대구참기름집의 이야기가 담겨 있을 것만 같다는 생각이 듭니다. 그런데 저희가 대구참기름집에 가서 인터뷰를 진행했잖아요. 혹시 인터뷰를 하면서 인상 깊게 느낀 것이 있으셨을까요?

현서 우선 인터뷰를 통해 세월의 흐름에도 변하지 않는 대구참기름집의 모습이 기억에 남습니다. 서정식 사장님께서 사용하시는 참기름 기계는 벌써 40년이 되었는데 현재 종로에 딱 1대만 남아있는 기계라고 합니다. 이렇게 오랜 세월 변하지 않는 모습이 놀라웠어요. 그리고 처음에 참기름집의 문을 봤을 때는 요즘 가게들과 크게 다르지 않다고 생각했었는데, 막상 열어보니 잘 열리지도 않고 오래된 느낌이 드는 거예요. 그런데 이것도 손님들이 고치지 말아 달라고 부탁을 하셔서 고치지 않으셨다는 이야기를 듣고 가치를 공유하는 것이 얼마나 중요한 일인지 생각하게 되었어요.

지원 오래된 것의 가치를 공유한다는 게 그 가치를 더욱 크게 만들어주는 일 아닐까 싶습니다. 그럼 이렇게 우리 동네의 공간을 중심으로 시를 쓰며 인상 깊었던 점이 있으셨을까요?

시와 함께하는 우리 동네 한바퀴

현서　중간중간에 시가 잘 써지지 않았고, 비유 표현을 어떻게 바꿔야 할지 어렵기도 했는데 친구들이 피드백을 해주니까 잘 쓸 수 있었어요. 그리고 대구참기름집이란 공간을 이번에 처음 가봤는데, 사장님께서는 한번 오셨던 손님들이 다시 가게에 찾아주시는 것을 굉장히 감사하게 생각하시더라고요. 이렇게 동네의 공간 하나하나에는 사람과 사람의 인연이 담겨 있음을 알게 되었어요.

지원　인터뷰 과정에서 그냥 흘려들었던 이야기도 많았는데, 시를 읽고 다시 한번 천천히 생각해 보니 '아 이렇게 의미 깊게 생각할 수가 있구나' 하는 것을 느끼게 되었습니다. 그럼 이제 마지막 질문입니다. 이건 모둠원들의 공통 질문인데요. 추억이 담긴 공간이 있다는 것이 행복한 이유는 무엇일까요?

현서　추억의 공간이 있다는 건 아무 생각도 안 하다가 문득 떠올릴 수 있는 공간이 있다는 뜻인 것 같아요. 추억을 떠올린다는 건 즐거운 순간이 많았음을 보여준다고 생각해요. 그런 소중한 공간이 있다는 건 나의 삶을 조금 더 행복하게 만들어주는 것 아닐까요? 대구참기름집이 그런 추억의 공간이 되었으면 합니다.

지원   지금까지 최현서 시인님과 함께 인터뷰를 진행해 보았습니다. 저희가 지금까지 프로젝트를 통해 시 쓰기 활동을 진행했는데요. 그 전체적인 소감을 말씀해 주실 수 있을까요?

현서   서정식 사장님과 인터뷰도 하고 대구참기름집을 주제로 시도 쓰고 하면서 계동길에 대한 정이 많이 든 것 같아요. 다양한 추억이 많이 생긴 것 같습니다.

지원   저희가 준비한 것은 여기까지입니다. 촬영에 협조해 주셔서 고맙습니다.

계
동
피
자

삶이 시가 되는 순간들: 학생 창작 시

시인과의 대화: 학생 시인 인터뷰 Q&A

김마틴 × 이리나 × 유수호

계동피자는 이탈리안 화덕피자를 파는 곳입니다. 마치 옛날 가게 같은 독특한 외관을 가지고 있는 이곳에서는 한 발자국 안으로 들어가 보면 맛있는 피자 냄새에 군침을 흘리게 됩니다.

Gye-dong pizza sells Italian oven-cooked pizza and pasta. It looks like an old-fashioned restaurant from the outside, and when you step inside you can smell the delicious pizza.

계동의 어느 한 피자집

재미있는 국어시간,
계동피자라는 가게로
인터뷰 나가는 시간을 가졌다

무심코 지나치던
계동의 어느 한 피자집

인터뷰를 하고는
마음이 바뀌었다

이제는 왠지 모를 반가움에
만나면 꾸벅,
나도 모르게 인사하는
계동의 대표 맛집

유수호

계동피자

이대경

계동피자의 메뉴는
안 먹어봐도
맛 짐작이 가능하다

고르곤졸라는
짭쪼름하고

계동깔조네는
느끼하면서 쫄깃하고

봐봐,

생각만 해도
침이 고이는데
맛이 없을 수가 없지

우리 곁에

등하교 할 때마다 코끝을 스치는
너무나도 좋은 이 냄새
어디서 흘러오는 향기일까?

2010년부터 자리 잡은
계동길 대표 맛집, 계동피자

항상 우리 곁에 그 향기가
맺혀 있었으면 좋겠네

이
리
나

피자 가게 사장님

피자를 화덕에 구우면서,
용암 근처에 요리하는 듯,
등이 계속 뜨거운 사장님

만든 음식이 너무 맛있어서,
자랑스러운 사장님

물어보기도 전에 맛있다고,
칭찬해 주는 손님을 좋아하는 사장님

외국인 관광객뿐만 아니라,
우리 학생들도 배려하는 사장님

요즘은 코로나로 인해,
힘드신 점이 많이 생긴 사장님

김마린

시와 함께하는 우리 동네 한바퀴

계동피자와 12년 동안 함께하신 사장님,
항상 응원해요!

리나   안녕하세요. '시인과 대화하러 갑니다'의 이
리나, 유수호입니다. 오늘은 계동의 명물 '계
동피자'를 소재로 시를 쓰신 마틴 시인님을
모셨습니다!

수호   안녕하세요! 자기소개 부탁드려요.

마틴   안녕하세요! 저는 계동피자를 소재로 〈피
자 가게 사장님〉이란 시를 쓴 시인 김마틴입
니다.

리나   반갑습니다. 이번에 모둠의 대표 시인이 되
셔서 이렇게 인터뷰를 하게 되었는데요. 모
둠의 대표 시인이 된 기분은 어떠신가요?

마틴   제가 대표 시인이 되어서 정말 깜짝 놀랐어요! 대표 시인이 될 줄은 예상하지 못했거든요. 저를 추천해 준 친구들에게 고마워요.

수호   당연한 결과라고 생각합니다! 혹시 시에 대해 소개 좀 해주실 수 있으신가요?

마틴   제 시는 '계동피자'의 김기웅 사장님을 떠올리면서 쓴 시입니다. 이 주제를 선정한 이유는 저번에 사장님과 인터뷰를 하면서 코로나 때문에 많이 힘드셨는데도, 손님을 위해 최선을 다하는 사장님이 아주 부지런하고 멋있는 사람이라고 생각했기 때문입니다. 그래서 시 속에 김기웅 사장님의 부지런하고 멋있는 모습을 최대한 많이 보여주려고 했습니다.

리나   그래서 시의 제목도 '피자 가게 사장님'이 된 것이었군요. 다시 한번 시를 읽어보니 정말 김기웅 사장님의 모습이 잘 드러나는 것 같습니다. 상세한 소개 감사합니다. 시를 쓰면서는 어떤 기분이 들었나요?

마틴   시를 쓰면서 기분이 좋았어요. 시를 쓰는 것
이 재미있기 때문이에요.

수호   시 쓰기가 재미있다니 정말 시인님 답습니
다. 이번에 쓰신 시에서 가장 좋아하는 표현
은 어떤 건가요?

마틴   여러 표현들을 신경 써서 썼지만, 그중에서
도 '용암 근처에 요리하는 듯'이라는 표현을
가장 좋아해요. 사장님이 피자를 구우면서
등이 계속 뜨겁다고 하셨던 것을 잘 표현했다
고 생각했어요.

수호   저도 그 표현이 딱 눈에 들어왔던 것 같아요.
시를 쓰면서 특별히 신경 쓰신 부분은 어디인
지 여쭤봐도 될까요?

마틴   네. 운율을 만들기 위해 노력했어요. 우선
'사장님'이란 단어를 반복적으로 써서 리듬감
형성에 특히 신경 썼어요. 그리고 일부러 시
에 쉼표를 많이 넣었어요. 그럼 리듬이 생기

시와 함께하는 우리 동네 한바퀴

지 않을까 생각했어요.

수호   덕분에 운율감이 잘 느껴지는 좋은 시가 완성
       된 것 같습니다. 혹시 시를 쓰면서 어려웠던
       점은 없었나요?

마틴   주제를 선택하는 데 조금 오래 걸려서 그게
       가장 어려웠던 점인 것 같아요. 그 다음부터
       는 쭉쭉 내용을 써내려갈 수 있어서 그렇게
       어렵지는 않았습니다.

리나   역시 시인님은 다릅니다! 이제 마지막 질문
       입니다. 시를 쓰고 난 다음 계동피자에 대한
       생각은 어떻게 변화했는지 말해주실 수 있
       나요?

마틴   '계동피자'는 평범한 피자가게가 아닌 것 같
       다는 생각이 들었어요. 북촌 마을의 스테이
       플(중요한 곳)이란 생각이 들었어요.

수호   네. 마지막 질문에 대한 답변까지 잘 들었습

니다!

리나   이상으로 '시인과 대화하러 갑니다'를 마치겠
습니다. 감사합니다!

자비손한의원

삶이 시가 되는 순간들: 학생 창작 시

시인과의 대화: 학생 시인 인터뷰 Q&A

김나현 × 김지훈

자비손한의원은 계동의 작고 예스러운 한의원입니다. 카페공드리 옆의 골목길을 따라 쭉 들어오면 만나게 되는 이곳은 한의학으로 계동 주민들의 건강한 생활을 담당하고 있습니다.

Jabison Oriental Medicine Clinic is a small and old-fashioned hanok oriental medicine clinic. This place is in charge of the healthy life of Gye-dong residents with oriental medicine.

같은 장소 다른 느낌

'같은 장소 다른 느낌'이란 말
너희도 한 번쯤은 들어봤지?

윤
서
연

이 말은 그냥 뭐,
내 기분을 설명하는 거지

내가 알던 한의원은 보통
시끌벅적한 장소에 있는데,

이곳 자비손한의원은
사람들이 북적대지 않는
조용한 장소에 위치하고 있어

그래서 처음엔
한의원이란 생각을 못 했는데

가까이 다가가면,

"여긴 한의원이야~!"
말하는 것처럼
한의원의 향기가 나

역시 겉과 속은 다른 것 같아!

한의사

한의사는 뭐 하는 직업이에요?

김
지
훈

"한의사는 환자를 치료하는 사람이야.
그런데 그냥 치료하는 게 아니지,

환자마다 맞는 처방법을 찾아야 해.
사람에 대해 많이 알아야 하는 거지."

우리나라의 모든 한의사분들에게

고맙다고, 전해주고 싶은,
마음을,
가져야 해요!

계동길의 한 한의원

김
나
현

시끌벅적한
계동길의
좁다란 골목

여러 건물 지나
예스러워 보이는
한의원 하나

직접 지으신
한약과 침으로
치료하는 곳

따뜻한 햇빛처럼
따뜻한 공간과
따뜻한 한의사님

자비로운 마음으로
치료하는
자비손한의원

마음까지
치료하는
계동의 소중한 공간

시인과의 대화

인
터
뷰
어

김
지
훈

×

인
터
뷰
이

김
나
현

지훈   안녕하세요. 오늘은 좋은 시를 써주신 김나
         현 시인님을 모셔보겠습니다.

나현   안녕하세요.

지훈   반갑습니다. 모둠의 대표 시인이 된 기분이
         어떠신가요?

나현   기분이... 좋습니다. 솔직히 이번에 시가 조금
         잘 써진 것 같아 기분이 좋았는데, 대표 시인
         까지 되어 더 기분이 좋네요.(ㅎㅎ)

지훈   다시 한번 축하드립니다. 그럼 우선 이번 시
         가 '우리 동네'에 대한 이야기잖아요. 시인님
         에게 우리 동네란 어떤 의미인가요?

시와 함께하는 우리 동네 한바퀴

나현   우리 동네는 제가 살고 있는 동네이기 때문에 저절로 정이 가는 곳이라고 생각해 볼 수 있을 것 같아요. 이번 시에서는 우리 동네에서 자주 지나치는 공간에 대한 이야기를 담아 보고 싶었어요. 그리고 이 순간에도 우리 동네의 오래되고 소중한 가치들이 조금씩 사라지고 있잖아요. 그런 것을 표현해 보고 싶었어요.

지훈   우리 동네에 대한 시인님의 생각이 시 속에 잘 담긴 것 같아요. 시를 쓰면서 가장 신경 썼던 부분이 있을까요?

나현   제가 길을 오가면서 본 한의원의 모습 그대로를 담기 위해 노력했어요. 많이 신경을 썼지요. 또 제가 느낀 한의원의 느낌과 다른 사람들이 시를 통해 느끼게 될 느낌이 최대한 비슷하길 바랐어요. 이런 점을 신경 써서 그런지 한의원에 대한 느낌과 한의원 가는 길에 대해 쓴 부분이 잘 써진 것 같아서 마음에 들어요.

자비손한의원

지훈   저도 시를 보면서 자연스럽게 자비손한의원
의 모습이 떠올랐어요. 저는 시에서 한의원
을 '따뜻한 햇빛'을 가진 곳이라고 비유한 점
이 좋았는데요. 이렇게 비유한 이유는 무엇
인가요?

나현   자비손한의원에 인터뷰를 하러간 날 비가 왔
었어요. 그런데 비 오는 날에도 한의원은 왠
지 모르게 따뜻한 느낌이 들었어요. 마치 따
뜻한 햇빛이 비치는 것처럼요. 아마 전영웅
한의사님과의 인터뷰 과정 속에서 이 따뜻함
을 느꼈기 때문에 시를 쓰면서 자연스럽게 나
온 것 같아요.

지훈   저도 전영웅 한의사님과 말씀을 나누면서 참
따뜻한 분이라는 생각을 했어요. 역시 공간
에는 사람의 가치가 담겨 있는 것 같다는 생
각이 듭니다. 혹시 시를 쓰면서 어려운 점은
없으셨을까요?

나현   처음 썼을 때는 분량이 너무 긴 것 같아서 좀 줄이려고 했어요. 그런데 줄이려고 하니 내용이 부족해 보이고, 그렇다고 안 줄이려고 하니 내용 정리가 안 되어 보여서 고민이 많았어요. 제목 짓는 것도 어려웠던 것 같아요. 한의원은 한의원인데, 이곳만의 특징은 무엇일까 생각하며 '고풍스러운, 예스러운, 한옥, 따뜻한 등'의 표현을 붙여보았어요. 그런데 딱 와닿는 건 없더라고요. 결국 계동길에 있는 한의원이라는 점을 강조하는 것이 가장 괜찮은 제목 같아서 '계동길의 한 한의원'이라고 지었습니다.

지훈   이렇게 많은 고민의 결과로 좋은 시가 나올 수 있었군요. 자비손한의원에 대해 시를 쓰면서 공간에 대한 생각도 많이 바뀌셨을 것 같아요.

나현   네. 원래는 그냥 한의원이라고 생각했어요. 굳이 특별한 점을 찾자면 한옥으로 된 한의원이라는 것 정도였죠. 그런데 지금은 우리 동네의 소중한 가치를 품고 있는 한 장소로 보여요.

지훈 앞으로 한의원 앞을 지날 때마다 예전과는 조금 다른 시각으로 이곳을 바라보게 될 것 같아요. 그럼 이제 마지막 질문입니다. 시인님께서는 앞으로 어떻게 시를 대하실 계획이신가요?

나현 그냥 읽고 넘기는 것이 아닌, 시인들의 고생과 피 땀 눈물이 담겨 있다고 생각하고 꼼꼼히 열심히 읽을 것 같아요.

지훈 답변 감사합니다. 그럼 김나현 시인님과 함께한 오늘의 인터뷰는 여기서 마치도록 하겠습니다.

시의 향기가 흐르는 북촌 스탬프 투어 웹사이트
자비손한의원

카
페
공
드
리

삶이 시가 되는 순간들: 학생 창작 시

마을 가게를 만나다: 마을 가게 인터뷰 보고서

다양한 나라에서 온 외국인들이 즐겨 찾는 카페공드리. 커피뿐만 아니라
음식과 술도 판매하는 특별한 카페입니다. 아이들을 위한 케이크, 차,
디저트도 판매합니다.

Cafe GONDRY is a popular place for foreigners from different countries.
It is a cafe that sells not only coffee, but also food and alcohol. They also
sell cakes, tea and desserts for children.

카페공드리

김경빈

프랜차이즈들이 들어오면서
사라지는 수많은 가게들

그 속에서 자리를 지키고 있는
문화유산과도 같은 존재
카페들의 할아버지 같은 존재
북촌의 옛 풍경을 되살려주는 존재

커피와 술,
프랑스의 영화 감독
공드리가 판매하는
이국적인 분위기

시끌시끌,
웃음 소리와 함께

저녁마다 파티가 열리는
이곳은 숲속의 오두막집

인간미 넘치는
북촌의 할아버지
카페공드리

그냥 평범한 카페

박진아

항상 스쳐 지나갔던
눈앞에 있는 카페
아기자기한 장난감들이
나에게 손짓하는 모습

나에게는 그냥 평범한 카페
무엇이 그리 특별한지
의문을 가지고
문을 연다.

나의 코를 찌르는
달달하며 알싸한 향기
나의 눈을 꽉 채워주는
작은 인형들,
따뜻한 전등,

생각보다 세련된 모습

둘러보니
카페가 생각보다 작아서
갸우뚱한다.

둘러보니
손님들이 왜 이곳을 좋아하는지
알 것 같았다.

공간을 휘감는 진한 커피 향이
마음을 취하게 만들 것 같았다.

시간이 빠르게 흐른다.
그냥 평범한 카페,

조금 특별해진 카페,

아쉬움을 챙겨 문을 닫으며.

뿌리 깊은 작은 카페

송
래
성

계동의 한 작은 골목,
한옥처럼 오래된 그 카페
묵묵히 그 자리를 지켜왔네

눈이 오나 비가 오나
낮이나 밤이나

굳센 마음으로
매일매일 사람들을 기다리며

무대의 막을 내린다.

시와 함께하는 우리 동네 한바퀴

눈으로 보고 코로 느끼는

이
정
환

길목마다 보이는
여러 사람들
여러 가게들

사이사이
숨어있는 가게의
달콤하거나,
짭짤하거나,
고소한,
각자의 향기

카페의 문을 열자
사장님을 닮은 호두까기 인형이
나를 반기고
고소한 커피 향기가

카페공드리

코를 간지럽힌다.

나는 지금 이곳을
눈으로 보고
코로 느끼는 중이다.

시와 함께하는 우리 동네 한바퀴

마을 가게를 만나다

송
태
성

운치 있는 북촌의 한 작은 카페, 카페공드리

우리 동네에 불어온 '젠트리피케이션' 현상에 대한 깊이 있는 이해를 위해 우리는 마을 가게를 직접 방문하게 되었다. 우리 모둠이 방문한 곳은 북촌 계동의 카페, 카페공드리였다. 이곳은 여러 블로그를 통해 본 것처럼 펍 분위기가 나는 작은 카페였다. 카페에 들어서자 사장님께서 밝은 미소로 우리를 맞이해 주셨다. 긴장으로 얼굴이 굳어진 모둠원들을 위해 주스와 디저트를 서비스로 챙겨 주시는 사장님의 센스는 정말 완벽했다. 잠시 카페를 둘러본 후, 활동의 본 목적인 인터뷰를 진행했다.

계동은 예전부터 좋아했던 동네예요. 계동길은 예쁘고 정감이 있어서 이곳에 가게를 차리게 되었습니다.

2005년에 처음 북촌 계동으로 오게 되셨다는 사장님. 계동에서 살면서 동네에 대한 애정을 품게 되었고, 그 마음을 가득 담아 2019년부터 가게를 시작하셨다고 한다. 동네에 대한 애정이 카페 운영으로까지 이어졌다는 사장님의 말씀을 듣고, 카페공드리가 더욱 따뜻하게 느껴졌다.

많은 관광객이 생소하다고 생각할 수는 있지만, 이곳은 '펍' 분위기를 가진 카페입니다.

북촌의 다른 카페와 달리, 카페공드리에서는 주류를 판매한다. 저녁 시간에 카페 앞을 지나칠 때면 테라스에 자리 잡은 채 맥주를 마시는 외국인들을 발견할 수 있다. 전통적인 분위기가 주가 되는 북촌 계동에서 이국적인 느낌을 흠씬 풍기는 카페를 운영하게 된 계기가 궁금해졌다.

처음부터 펍 분위기로 꾸민 건 아니예요. 처음에는 이곳도 평범한 카페였어요. 그런데 주위에 프랜차이즈들이 많이 생기면서 커피만으로는 경쟁이 안 되더라고요. 그래서 가게에서 맥주를 팔다 보니까 펍 분위기가 된 거지요.

시와 함께하는 우리 동네 한바퀴

카페공드리도 젠트리피케이션의 문제를 겪고 있었다. 우리 동네에도 점점 많아지고 있는 프랜차이즈와의 경쟁에서 살아남기 위해 '팝' 분위기를 만들어낸 사장님의 결단은 참 대단하다고 생각했다. 외국인 관광객이 많은 북촌의 특색을 잘 살린 좋은 방법이라고 생각했다. 검색을 해보니 '공드리'라는 이름도 외국의 영화 감독의 이름을 본뜬 것이어서 공드리만의 느낌이 살아나는 것 같았다.

사실 가게의 이름은 제가 지은 게 아니고, 전에 장사를 하던 친구들이 지은 거예요. 그 친구들이 원래 영화 배급사에서 일을 했는데, 카페를 하기 전 마지막으로 했던 일이 미셸 공드리 감독의 〈수면의 과학〉이라는 영화를 수입해 오는 거였어요. 그래서 공드리 감독의 이름을 따서 카페를 만들고, 내부 인테리어도 〈수면의 과학〉이라는 영화 속 분위기가 연상되도록 꾸미게 되었다고 해요.

'공드리'가 단순히 멋있는 외국 이름인 줄만 알았는데, 이전 주인 분들의 이야기가 담긴 이름이라고 하니 더욱 뜻깊게 느껴졌다. 조금 어려울 것 같긴 하지만, 공드리 감독이 만들었다는 〈수면의 과학〉이라는 영화를 보고 이곳에 방문하면 더 의미 있는 경험이 되지 않을까. 뒤이어 사장님은 이 카페가 지닌 소중한 가치에 대해 말씀해 주셨다.

> 여러분처럼 카페에 관심을 가지고 찾아주시는 분들이 있다는 건 참 소중한 것 같아요. 가게를 방문해 주시는 손님들이 카페의 소중한 가치가 아닐까 싶어요.

카페에 방문하는 손님들을 정성으로 맞이하는 사장님의 모습을 보면서 '손님들이 카페의 소중한 가치'라는 사장님의 신념을 확인할 수 있었다. 이런 마음 덕분에 공드리가 북촌 계동을 대표하는 카페가 된 것 아닐까 생각해 보았다.

> 계동은 저의 마을이죠. 비록 제가 태어난 곳은 아니지만, 일터가 있고 아이들을 키우고 있는 곳이기 때문입니다.

인터뷰를 마치고 나오면서도 사장님의 말씀이 계속 귓가에 맴돌았다. 사장님에게 계동은 삶의 터전이었다. 사실 중학교에 들어오면서 처음 계동을 알게 된 우리들은 이곳을 '관광지'라고만 생각했었다. 하지만 사장님의 말씀을 듣고, 계동이 누군가에게는 소중한 삶의 터전이라는

시와 함께하는 우리 동네 한바퀴

생각을 하게 되었다. 우리도 중앙중학교에서 3년 동안 학교 생활을 하다 보면, 이곳이 '나의 마을'로 느껴지게 될지 궁금해졌다. 비록 내가 태어난 곳은 아니지만, 나의 학교가 있고 친구들과 함께 생활하는 이곳이 '우리 동네'로 느껴지길 기대하며 인터뷰를 마쳤다.

시의 향기가 흐르는 북촌 스탬프 투어 웹사이트
카페꽁드리

북촌탁구

삶이 시가 되는 순간들: 학생 창작 시

마을 가게를 만나다: 마을 가게 사장님 인터뷰 Q&A

박현정 관장님 × 조창현

북촌탁구는 탁구장이자 복합문화공간입니다. 지하로 내려가는 길이 마치 아지트를 연상하게 하는 이곳에서는 탁구뿐만 아니라, 각종 공연과 체험 이벤트를 경험할 수 있습니다.

Bukchon Table Tennis is a table tennis court and a complex cultural space. You can experience various performances and events as well as table tennis.

여러 가지 색깔

정경환

북촌탁구는
여러 가지 색깔이 숨 쉬는 곳

알록 달록 색깔은
북촌탁구 특유의 풍을 살린다

그림에서 튀어나와
'야옹'하고 소리칠 것 같은
노랑색 고양이 그림

탁구대를 접으면
공연장 무대로 변하는 파란색 공간과
관객이 되어주는 초록색 인형들

가지각색의 특징이

빈티지 풍을 만들고
북촌탁구를 만든다

북촌탁구는
여러 가지 색깔이 숨 쉬는 곳

탁구장의 빛깔은
바깥으로 새어나가
북촌을 만드는
퍼즐의 한 조각이 된다.

시와 함께하는 우리 동네 한바퀴

북촌탁구

북촌, 안국역 옆에 있는 길
벽화, 그림이 그려져 있는 벽
계단, 땅속 밑으로 이어지는 길
최하부, 땅속 밑에 있는 방
사진, 그림이랑 비슷한 것
간식, 저녁 식사 후에 먹는 것
탁구, 탁자에 공을 튕기는 스포츠
학원, 학교 후에 공부하는 곳
박현정 선생님, 북촌탁구의 주인장

북촌탁구,
벽화 계단으로 내려가면
사진과 간식이 있는
박현정 선생님이
탁구를 가르쳐주는

이단열

사라져가는 특색

최
유
건

북촌에는
특색 있는 가게들이 있어
그런데

북촌에는
특색 있는 가게들이 있었어
그랬는데

어느 순간부터
북촌에는
커피 가게들이 들어섰어

어느 순간부터
북촌을 품은 가게들이
모습을 감추기 시작했어

시와 함께하는 우리 동네 한바퀴

하얀 종이를 보지 못하고
작고 검은 점만 보는 사람처럼

우리도

'북촌'이라는 특별한 장소를
외면하는 것 아닐까?

보편화

사라져가는
북촌의 특색 있는 가게들

조
창
현

그들의 온기가 서려 있는 자리를 채운
공산품 같은 매장들

깔끔하지만 딱딱한 것보단
서툴지만 따뜻한 것이
더 정겹지 않을까

북촌의 터줏대감
북촌탁구는 아쉬움을 품고

오늘도
생각해 본다

마을 가게를 만나다

인터뷰어 조창현 × 인터뷰이 박현정 관장님

창현 안녕하세요! 저희는 중앙중학교 1학년 학생들입니다. 우리 동네의 사랑방이라고도 불리는 '북촌탁구'에 대해 알아보고 싶어서 인터뷰 요청을 드립니다.

현정 관장님 반가워요. 무엇이든 편하게 물어보세요.

창현 '북촌탁구'에 대해 자료를 조사해 보니 관장님에 대한 정보가 많이 나오더라고요. 혹시 '홍 반장'과 '북촌 문화부장관'이라고 불리시는 이유가 무엇인가요?

현정 관장님 제가 여기서 탁구장을 시작한 지도 벌써 5년이 되었어요. 그동안 한 달에 한 번씩 북촌 주민들을 대상으로 공연이나 문화 체험 같은 것을 기획하고 진행하다 보니 이런 별명이 생기게 된 것 같아요. 물론 코로나가 시작된 이후에는 거리두기 때문에 행사를 못 하긴 했지만요. 하지만 그러다 보니 오히려 마을 사람들과 더 가까워진 것 같기도 해요. 코로나 이후 어르신들이 뭐가 필요하실 때, 주변에 도움을 요청할 사람이 없는 경우가 많아졌어요. 그런데 제가 조금 친근하게 느껴지셨는지 전화를 하셔서 '시계 건전지가 다 떨어졌는데 바꿔줄 수 있느냐, 무거운 것을 옮겨야 하는데 도와줄 수 있느냐'와 같은 도움을 요청하시는 거예요. 그래서 제가 좀 도움을 드린 것이 있있는데, 그때부터 주위에서 '홍 반장'이라는 별명을 붙여줬어요. 요즘 학생들은 잘 모를 테지만, 옛날 영화 중에 〈홍반장〉이라는 영화가 있었어요. 거기에서 '홍 반장'은 동네에서 도움이 필요할 때 도움을 주는 사람으로 나오거든요. 저는 박 씨이긴 하지만, 북촌에서는 제가 그 이름을 이어받게 된 거지요.

창현   관장님이 북촌에서 이렇게 유명하신 이유가

있었군요. 이곳저곳을 누비며 주민들을 도와주시는 모습이 참 멋져요. 처음 홍 반장과 문화부 장관이라고 불리셨을 때 기분은 어떠셨나요?

현정 관장님 두 가지가 사실 약간 결이 달라요. 사실 저는 3년 후에 북촌에서 '생활문화센터'와 같은 공간을 만들어보고 싶다는 꿈이 있어요. 꿈은 자꾸 말하고 새기면 이루어진다고 하는데, 또 마을 분들이 '문화부 장관'이라고 불러주시니 조금 더 꿈에 가까이 다가가는 듯한 느낌이 들었어요. 홍 반장은 재미있는 별명이긴 하지만, 일이 되게 많기도 해요. 그래도 저는 홍 반장이라는 별명이 참 좋은 것 같아요. 체력적으로 힘들 때도 있지만 마을 사람들과 교류하는 것은 재미있는 일이거든요. 제가 추구하는 것이 바로 쓸모 있는 오지라퍼예요.

창현 생활문화센터와 같은 공간을 꿈꾸면서 북촌탁구에서 다양한 강의도 진행하시는 거였군요. 탁구장인데 탁구 말고 오카리나, 사진 등의 강의가 있는 게 신기했어요.

현정 관장님　저는 지금 밴드를 하고 있어요. 밴드에서 베이스를 치고 있는데, 이 동네에 와서 느낀 것이 음악 학원이 별로 없다는 거였어요. 그리고 공방이나 전통문화 체험 같은 건 많은데 뭔가 마을 주민들이 일상적으로 배울 수 있는 것은 많지 않다는 걸 느꼈어요. 그런데 마을 분들과 알아가다 보니 우리 동네에도 재능 있는 분들이 많다는 것을 발견하게 됐고, 그럼 내가 그 장을 만들어보자는 생각으로 다양한 강의를 열게 되었지요. 북촌탁구가 작은 탁구장이다 보니 탁구대를 접고 펴는 것도 그리 번거롭지 않았어요. 자연스럽게 북촌탁구가 다양한 문화적 경험을 할 수 있는 공간이 된 것 같아요.

창현　학교 친구들도 북촌탁구에서 다양한 문화 체험을 했다고 알려줬어요. 그런데 이렇게 다양한 활동을 하시는 게 쉽지만은 않으셨을 것

시와 함께하는 우리 동네 한바퀴

같아요. 북촌탁구를 운영하시면서 어렵거나 힘드셨던 점은 무엇인가요?

현정 관장님   가장 어려웠던 것은 코로나가 한창일 때였지요. 거리두기나 집합 금지 등으로 인해 문을 닫게 되니까 너무 답답한 거예요. 제가 아이들을 정말 좋아하는데, 탁구장에서 아이들을 만나지 못하니 우울한 마음이 들기도 하더라고요. 하지만 사람은 상황에 적응하는 동물이라 그런지 다른 방법으로 아이들과 만나게 되더라고요. 줌으로 아이들과 만나기도 하고 온라인 상에서 소통 방법을 찾으니 방법이 다 있었어요. 이렇게 생각해 보니 어려웠던 점이 많지는 않았고, 좋았던 점이 더 많았던 것 같아요.

창현   항상 긍정적인 마음을 가지고 계셔서 북촌 주민분들이 북촌탁구를 더 좋아하는 것 같습니다. 그런데 굉장히 많은 자영업이 있는데, '북촌탁구'를 시작하신 이유가 무엇일까요? 무언가 계기가 있으실 것 같아요.

현정 관장님   예전에는 청량리에서 '대광탁구'라는 탁구장을 했었어요. 코치도 3명이 있었고, 절대 탁구대 접을 일이 없는 전문 탁구장이었지요. 그런데 어머니가 돌아가신 후 제 몸과 마음이 좀 아팠었어요. 나이도 50살이 넘어 가다 보니 이제 뭔가 재미있고 좋아하는 일을 하고 싶다는 생각이 들었어요. 그래서 그때 전문 탁구장을 그만두고 이 동네에 온 거지요. 북촌에는 제가 좋아하는 사람들이 많이 살고 있어요. 혹시 벽면에 붙어있는 저 가수 이름을 아는 사람이 있나요? 이 동네에는 저와 같이 김광석을 좋아하는 사람이 굉장히 많이 살고 있어요. 그래서 저의 경력을 살려 탁구장을 열고, 여기에서 정기모임을 하면서 기타를 치고 노래를 했어요. 이런 계기로 시작한 일이다 보니 '문화 공간'에 대한 열망이 더 커진 것 같아요.

창현   다음에는 관장님의 연주도 꼭 한번 들어보고 싶어요. 그럼 북촌의 문화부 장관으로서 이곳에서 진행되는 행사 중 가장 좋아하시는 행

시와 함께하는 우리 동네 한바퀴

사는 무엇일까요?

현정 관장님 북촌탁구에서 다양한 공연도 하고, 작가들도 많이 오긴 하지만 제일 좋은 건 마을 사람들이 참여하는 행사예요. '아무 연주 대잔치'라는 행사가 있어요. 이 행사는 원하는 사람이라면 누구나 연주할 수 있는 공연이에요. 행사 당일에 음향 전문가가 다양한 장비를 세팅하고, 30명도 넘는 스태프들이 움직이면서 마을 사람들이 다양한 끼를 펼치는 것을 도와주지요. 매년 이 행사를 진행하고 있는데 올해는 코로나가 조금은 잠잠해진 것 같아서 더 기대가 돼요. 여러분들은 혹시 악기 다룰 수 있는 게 있나요? 올해 행사에 직접 참여해 보길 추천합니다.

창현 저는 악기를 잘 못 다루지만 저희 반에 정말 기타를 잘 치는 친구가 있어요. 그 친구에게 꼭 한번 나가보라고 추천할게요. 마지막으로 무거운 질문을 하나 던지려고 합니다. 이렇게 북촌에 대한 사랑이 크시다 보니, 북촌에

서 벌어지고 있는 '젠트리피케이션'에 대해서
도 생각이 많으실 것 같아요. 이곳에 프랜차
이즈 가게가 많이 들어오고 기존의 특색 있는
가게들이 사라지는 현상에 대해서 어떻게 생
각하시나요?

현정 관장님　너무 안타깝죠. 여러분도 느끼고 있겠지만
계동길이 커피 거리가 되어가고 있는 것 같아
요. 강릉에 보면 안목 해수욕장이라고 해안
가를 끼고 커피 거리가 펼쳐져 있는 곳이 있
지요. 그런 곳은 괜찮은 것 같아요. 해안가에
서 놀다가 앉아서 쉴 수 있는 곳이 많으면 좋
으니까요. 그런데 이곳이 커피 거리가 되면
잃게 되는 것이 더 많은 것 같아요. 물론 커
피가 나쁘다는 것은 아니지만, 기존에 자리
잡고 있던 작은 공방들이나 소소한 가게들이
더 이상 견디지 못해 사라지고 있어요. 그 자
리에 카페나 베이커리가 들어오고요. 그래서
아쉽긴 하지만, 저는 또 새로 들어온 그분들
이 여기에 좀 오래 있었으면 좋겠다는 마음
이에요. 그래도 한번 여기에 정착했으면 동

네의 한 식구인데 오랫동안 함께하면 좋잖아요. 그래서 저는 올해 목표로 '동네 잡지'를 만들어보려고 생각하고 있어요. 우리 동네의 자랑거리뿐만이 아니라, 처음 이 동네에 가게를 오픈한 사람들도 소개하는 그런 잡지 말이에요. 이곳은 주말이면 항상 관광객들로 바글바글하지만, 정작 주민들과 상인들 간의 소통은 점점 사라지고 있어요. 그래서 동네의 구성원들이 함께 소통하고, 관광객들도 우리 북촌의 다양한 모습을 알아갈 수 있는 기회가 만들어지면 좋을 것 같아요. 아마 이런 노력이 있으면 젠트리피케이션도 이겨낼 수 있는 북촌만의 끈끈함이 만들어지지 않을까요?

창현 그런 잡지가 나온다면 정말 좋을 것 같아요. 지속적으로 꿈과 목표를 가지고 활발하게 활동하시는 관장님께 본받을 점이 참 많은 것 같습니다. 응원하는 마음으로 저희도 학교에서 열심히 생활하겠습니다. 오늘 인터뷰에 응해주셔서 정말 감사드립니다.

현정 관장님 　지금 이렇게 인터뷰하는 것도 정말 훌륭한 활동인데요? 학생 분들과 즐거운 대화 나눌 수 있어서 참 좋았어요. 다음에 또 만나요!

백양세탁소

삶이 시가 되는 순간들: 학생 창작 시

활동을 마치며: 마을 가게 인터뷰 후기

계동길의 유일한 세탁소인 백양세탁소는 겉모습만 봐도 오랜 세월이 느껴지는 정겨운 공간입니다. 45년이란 오랜 세월을 계동에서 함께한 만큼 역사와 정이 많은 곳입니다.

Baekyang Laundry is the only laundry in Gye-dong. As 45 years have passed, it is a place with long history and many memories.

19700401

본래 고향은 마산이었다
집에서 도망쳐 나왔다
그저 먹고 살아야 했다
서울로 가면 다 되는 줄 알았다
거기도 똑같더라
어렵게 배운 게 세탁일이다
뿌리박은 곳이 계동이다

쉽게 시작한 건 아니다
하지만
마지막까지 눌러앉아 있다

김
이
제

사장님의 세탁소

이
승
제

오늘도 걷는 계동길
길을 걷다 보면 항상
자리를 지키는 빨간 천막

50년간 변함없는
계동의 마지막 세탁소,
백양세탁소

"세탁소는 나에게 전부야"

사장님의 한마디가
나의 마음을 울리네

시와 함께하는 우리 동네 한바퀴

같은 자리

35년 전, 계동을 책임지던
7개의 세탁소

지
윤

다른 가게들은
눈물을 훔치며 오가는데
같은 자리를 지키고 있는
백양세탁소

마지막까지 계동을
책임질 가게였으면

백양세탁소

마음 세탁소

매일 지나는 계동길,
모습이 계속해서 바뀌지만
자리를 계속 지키는
세탁소 하나가 있다.

그동안 익숙함 속에
모르고 있던 곳
역사가 정말 긴 곳
한가해 보이지만 정말
많은 손님이 왔다간 곳
힘들고 얼룩진 마음도
깨끗하게 만들어주는 곳

우리 동네의 유일한 세탁소
백양세탁소

시와 함께하는 우리 동네 한바퀴

활동을 마치며

김
이
제

중앙고등학교 정문을 통해 내려가면 친근한 우리의 하굣길, 계동길이 나온다. 계동길을 내려가다 보니 지난번에 마을 탐방을 갔을 때 들렀던 익숙한 가게들이 보였다. 그래도 수업 시간에 한번 봤던 곳이라고 왠지 모를 친근한 마음이 일었다. 조금 더 내려가니 GS25 앞에 빨간 천막의 세탁소가 보였다.

항상 지나치기는 하지만 한번도 자세히 들여다보지는 않았던 공간인 이곳. 백양세탁소는 계동길에서 가장 오래된 세탁소이자 유일한 세탁소이다. 세탁소 앞의 오래 된 자전거 한 대와 빛바랜 빨간 천막이 이곳의 나이를 알려주는 것 같았다. 세탁소 앞에서 사진을 찍고 내부로 들어갔다. 생각했던 것보다 내부가 작았다. 세탁소 안에는 드라마 〈올인〉이 틀어져 있었고 사장님은 우리를 반겨주셨다. TV를 끄고 진행하겠다고 말씀드리기는 죄송해서 그대로 틀고 인터뷰를 진행했다.

사장님은 몇 년 전에도 중앙중학교에서 학생들이 찾아왔었다면서 학생들이 한두 명만 올 줄 알았는데 생각보다 많이 와서 놀랐다고 하셨다. 인터뷰 내내 우리 할머니의 이야기를 듣는 기분이었다. 스토리를 구체적이고 재미있게 풀어주셔서 몰랐던 사실들을 정말 많이 알게 되었다. 가장 인상적이었던 건 사장님이 계동에 오게 된 이야기였다. 경상남도 마산이 고향이었던 오승호 사장님은 6·25전쟁으로 먹고 살기 위해 집을 나와 서울로 올라오셨다. 사장님이 처음부터 계동에 오셨던 건 아니다. 어쩌다 뚝섬에 가게 되셔서 먹고 살기 위해 무슨 일이든 배웠다고 하셨다. 그곳에서 세탁 일을 배우고, 일에 좀 익숙해지셨을 때 바로 이곳, 계동의 세탁소로 오게 되셨다. 마치 교과서에 등장할 것 같은 역사적인 인물과 만나 이야기하는 느낌이었다. 신기한 마음이 들면서도 먹고 살기 위해 세탁 일을 배우셨다는 게 마음 아팠다.

이곳에 정착해서 일하신 지도 벌써 50년이 지났다고 하셨다. 우리 부모님보다 나이가 많은 이곳에는 정말 많은 추억이 담겨 있을 것 같다는 생각이 들었다. 사장님께 지금과 예전 계동의 차이를 여쭤봤는데 다른 곳은 많이 바뀌었지만 이 골목만은 그대로라고 하셨다. 그 말씀이 오래도록 기억에 남았다. 하지만 골목을 채우는 사람들은 많이 바뀐 것 같았다. 시간이 지나면서 친하게 지내던 이웃 가게들이 하나둘 사라지고, 지금은 동네 할머니들하고만 인사를 하고 지내신다는 사장님. 새로운 가게가 생겨도 3개월만에 다른 가게가 들어오는 현상이 반복되면서 새로운 가게들과는 친해질 기회가 많지 않다고 말씀하시는 사장님의 표정이 약간 쓸쓸해 보였다.

계동에 처음 오시게 된 이야기, 세탁소에서의 크고 작은 에피소드들, 예전 계동의 모습을 담은 이야기 등. 사장님께 정말 많은 이야기를 흥미롭게 들어볼 수 있는 시간이었다. 인터뷰를 하면서 아쉬운 부분도 있었다. 드라마 소리 때문에 녹음이 잘 되지 않았던 점, 그리고 시간 때문에 질문 몇 개를 빼먹은 점이 아쉬웠다. 그래도 중간에 친구들이 사장님의 말씀에 맞추어 추임새를 넣어주는 게 웃겼고, 인터뷰를 하는 잠깐 동안 오승호 사장님의 입장이 된 기분이 들어 좋았다. 그리고 인터뷰 시간이 길어질수록 나는 이야기가 재밌었는데 애들은 점점 기운이 떨어지는 것 같았다. 특히 넋 나간 사람처럼 힘들어하는 폐

리체의 모습을 보는 것이 재미있었다. 이번 활동을 통해 작은 공간일지라도 말로는 다 표현할 수 없을 정도로 많은 이야기가 나올 수 있다는 것을 알게 되었다.

밀
과
보
리

삶이 시가 되는 순간들: 학생 창작 시

마을 가게를 만나다: 마을 가게 인터뷰 보고서

밀과보리는 MSG가 들어가지 않은 건강 밥상을 파는 곳입니다. 자극적인 음식에 길들여진 학생들도 부담 없이 맛있게 한 끼 식사를 할 수 있는 이곳에서 포근한 분위기를 느껴보세요.

Wheat and Bakely is restaurant that sell Korean home-cooked meals. If you visit, you can enjoy healthy natural foods that do not contain MSG.

시골집 같은 음식점

맛있는 음식들이
많이 있는 잔치집

이
강
희

그곳에는 항상
많은 사람이 모여
축제를 즐긴다

그곳에서는
친절한 사장님이
가족들과 함께
가게를 돌본다

그곳으로
들어가면 나도
사장님의 가족이 된다

밀과보리

햇님처럼
웃음이 가득한
시골집 같은 음식점,
밀과보리

밀과, 보리

박
준
렬

어느 더운 여름날 우리는
숙제를 하기 위해 모였다.

짜증을 내면서도
가게로 들어가니

아.

마치 그곳은
바다 같았고

에어컨 때문인지
반갑게 마주해준
오랜 공간 덕분인지
잘 모르겠지만

몸과 마음이
시원해졌다.

쉼터

길을 걷다
배가 고파
발걸음을 멈춘 곳

작고 예스럽지만
맛집의 내공을
가득 품고 있는

밀과보리,
건강한 맛으로
혀를 쉬게 하는

사장님의 친절함으로
집에서 한 밥을 먹는 듯
마음을 쉬게 하는

위연우

여기는 계동의 쉼터

'잘 먹겠습니다!'
한마디에,

허기진 배를
바쁜 일상을
따스하게 채운다.

시와 함께하는 우리 동네 한바퀴

보리보리 밀

보리보리 밀
따뜻하고 건강한
시골집 저녁상을
즐길 수 있는 곳

보리보리 밀
지친 사람이라면 누구나
쉬어갈 수 있는
편안한 안방 같은 곳

보리보리 밀
계동의 정취와
많은 사람의 이야기가
깃들어있는 곳

권호준

보리보리 밀,

술래가 되어 잡아보는

밀과보리의 가치들

시와 함께하는 우리 동네 한바퀴

마을 가게를 만나다

권
호
준

계동의 따뜻한 밥집, 밀과보리

북촌은 서울에서 가장 정취 있는, 역사와 문화가 살아 숨
쉬는 동네 중 하나다. 한가한 토요일 오후 우리 인터뷰
팀은 북촌의 정취를 가득 담은 '밀과보리'로 향했다. 북촌
길가에서 우리를 맞이하는 오래되었지만 따뜻한 분위기
를 풍기는 이곳. 사장님이 주신 시원한 수박을 먹고, 잠
시 후 우리는 인터뷰를 시작했다.

아이들이 하고 싶은 것을 할 수 있게, 꿈을 실현하는데 조
금이라도 보탬이 되고 싶어서 식당을 시작했지.

밀과보리의 정덕미 사장님은 이곳에서 8년째 가게 운영
중이시라고 하셨다. 처음 시작할 때 아이들의 꿈에 보탬
이 되려고 시작하신 식당이 이렇게 동네의 중요한 공간

229

밀과보리

이 되어가고 있었다.

　　이 동네는 참 감사한 곳이죠.

사장님은 이 동네를 깊이 사랑하고 아끼시는 것이 느껴
졌다. 연신 동네 자랑을 하셨다. 북촌은 오랜 역사와 문
화가 살아 숨 쉬는 곳이며, 전통과 현대가 조화를 이루는
동네라고 말씀하시는 사장님의 목소리에서 자부심을 느
낄 수 있었다. 좋은 공간 덕분에 아이들이 동네의 훌륭한
분위기와 함께 숨 쉬며 자라났다는 말씀을 하셨다.

　　우리 가게는 손님이 자랑입니다. 이게 슬로건이에요.
　　참 좋은 손님들을 많이 만났어요.

어떤 마음으로 영업을 시작하시는지 물었다. 힘든 일을
하시면서도 항상 새로운 손님에 대한 기대를 품고 식당
운영을 하신다는 사장님의 눈이 반짝였다. 사람에 대한
애정이 가득하신 사장님께서는 손님들에 대한 자랑 또한
아끼지 않으셨다. 이 동네에서 살아가는 주민분들, 그리
고 멀리서 식당에 찾아오시는 사람들 모두 따뜻하고 좋
은 분들이라고 말씀하셨다.

따뜻한 밥집이라는 느낌을 주잖아요.

밀과보리라는 공간이 품고 있는 분위기에 대해 질문드렸다. '따뜻한 밥을 먹을 수 있는 밥집' 단순한 표현이었지만, 단박에 어떤 의미인지 알 것만 같았다. 배고픈 사람들이 와서 밥을 먹고 따뜻함을 느끼면 좋겠다고 말씀하시는 사장님의 목소리에는 정이 느껴졌다. 어쩐지 주위가 따뜻해졌다.

건강한 몸이 있어서 감사하고, 맛을 알게 해주신 우리 어머니께도 감사하지.

우리는 문득 사장님께서는 음식을 만드시면서 어떤 생각을 하시는지 궁금해졌다. 그러자 사장님은 건강한 몸으로 살아갈 수 있는 것과, 맛이라는 걸 알게 해주신 어머니께 늘 감사한 마음을 가지며 생활하고 계신다고 하셨다. 학교에서 글로만 배운 '효'를 마음으로 실천하는 분이 바로 밀과보리의 정덕미 사장님 아닐까 싶었다. 다음으로 우리는 조심스럽게 질문 하나를 던졌다.

이런 장시간 노동을 할 일이 없었으니까. 그게 힘들고 지치지...

무엇이든 처음 시작하는 것은 어려운 듯하다. 사장님도 처음 식당을 운영하실 때는 장시간 노동이 쉽지 않았다고 하셨다. 하지만 특유의 긍정적인 마음과 가족들의 도움이 사장님을 지탱하는 힘이 되었다. 이렇게 우리는 가게의 이야기와 사장님에 대해서 알아갔다. 한 가지 반가운 사실은 지금은 어른이 된 사장님의 자녀분들이 중앙중학교를 졸업하셨다는 것이다. 김성우 선생님, 구재원 선생님과 같이 우리와 함께 생활하고 계시는 중앙중 선생님들을 아신다니 참 반가웠다. 그래서 우리는 혹시 중앙중 학생들에게 해주고 싶으신 말씀은 없으신지 질문을 드렸다.

중앙중은 다른 학교보다도 학생의 자율성이 많이 주어지는 학교인 것 같아. 중앙중을 다니는 3년이라는 시간 동안, 다양한 활동이나 체험을 열심히 즐겁게 하면 너희들에게 많은 도움이 될 거야. 물론 공부도 열심히 해야겠지만, 놀 때는 즐겁게 놀면서 생활했으면 좋겠어.

어른들은 항상 공부 열심히 하라는 말씀만 하실 줄 알았다. 그런데 놀 때는 즐겁게 놀아야 한다는 말을 강조하시는 사장님을 보며 마음이 더욱 가까이 다가간 듯한 느낌이 들었다. 사장님의 말씀대로 학교에서 다양한 활동을 하면서 즐겁게 3년을 보내야겠다고 다시 한번 다짐했다.

우리의 인터뷰 내용은 여기까지다. 밀과보리라는 식당이 이렇게 많고도 깊은 이야기를 가지고 있는지, 나는 미처 몰랐었다. 앞으로도 사장님의 따뜻한 가게 운영이 오랫동안 이어지길 바란다. 이렇게 인터뷰를 해보니, 생각의 범위가 더 넓어진 것 같다. 소중한 것이지만 평소에는 우리가 관심가지지 못했던 것에 대하여 생각해 볼 수 있는 시간이었다.

마지막으로, 인터뷰에 응해 주신 밀과보리 정덕미 사장님께 다시 한번 감사의 인사를 전하고 싶다!

시의 향기가 흐르는 북촌 스탬프 투어 웹사이트
밀과보리

동네커피

삶이 시가 되는 순간들: 학생 창작 시

시인과의 대화: 학생 시인 인터뷰 Q&A

김동현 × 윤지상

북촌 원서동에 위치한 동네커피는 작고 조용한 카페입니다. 동네커피는 소소하지만 아늑합니다. 손님 하나하나를 향한 정성이 가득한 이곳, 우리 모두의 비밀 아지트가 되어줍니다.

Dongnae Coffee is in Bukchon Wonseodong. It is a small, quiet, and cozy cafe. This place is filled with sincerity towards each guest, and it becomes a secret hideout for all of us.

사장님의 마음

이
하
선

"인생이 커피처럼 쓰지?
그러니 여기서 잠깐 쉬었다 가"

사장님의 따뜻한 마음이
동네커피를 만든다

덕분에,
우리들의 충전소가 되고
사람들의 놀이터가 되는

여기는 동네커피

따뜻한 곳

윤
지
상

생긴지 얼마 안 돼 보이지만
무려 나와 동갑인 곳

밖에서 보면 그냥 카페지만
막상 들어가 보면

기분 좋은 노래
정겨운 느낌의 가구들
그리고
사장님이 반가운 인사를 건네는

나와 동갑이라는 게
믿기지 않을 정도로
마음이 따뜻한 그곳

시와 함께하는 우리 동네 한바퀴

나만의 공간

원서동에 있는 작은 카페
밖에서도 한눈에 들여다보인다

김
태
윤

열심히 일하시는 사장님
커피를 마시며 할 일을 하는 손님들
하지만 여유로워 보인다

힘들 때 동네커피를 가면
잠깐 모든 걸 내려놓고,
편히 쉴 수 있다

조용한 공간을 흐르는 잔잔한 음악
노트북 위로 튕기는 타자 소리
복잡한 내 마음을 안정시킨다

동네커피는
나만의 공간이다

시와 함께하는 우리 동네 한바퀴

비밀 아지트

김동현

새로운 느낌이 확
살아나는 한 카페
이런 곳에
사람이 없는 게 이상하다

맛난 사람들의 비밀이
내 코에 노크하며 들어온다

사장님이 말하시길
여기는 나와 손님들의 ○○ ○○○야

모두가 이곳을 편하게 느끼고
자기의 아지트처럼
생각했으면 좋겠어

동네 사람들이 모여
자기만의 비밀일기를 써가는 이곳
가지각색의 비밀들이
모여 있는 이곳

여기는 사장님과 다른 이들
모두의 공간,
바로

모두의 비밀 아지트

시인과의 대화

지상   안녕하세요. 저희는 지상이(The king)와 서 폿(Tools)들입니다. 저희가 오늘 김동현 시인 님을 인터뷰하려는데요. 모둠의 대표 시인이 되셔서 기분이 좋으시겠어요.

동현   그럼요. 제 시를 많은 사람에게 보여줄 수 있 어서 정말 영광입니다.

지상   이제 바로 인터뷰를 시작하겠습니다! '비밀 아지트'라는 제목은 동심이 저절로 떠오르는 데요. 시의 제목을 그렇게 정한 이유가 무엇 인가요?

동현   '비밀 아지트'라는 제목의 아이디어는 이진 영 사장님과 인터뷰를 하다가 얻게 되었어

요. 인터뷰를 할 때, 이진영 사장님께서 동네
커피가 누군가의 방이자 놀이터, 그리고 아
지트가 되었으면 좋겠다는 말씀을 하셨던 것
이 기억에 남았어요. 특히 '아지트'라는 단어
가 동네커피에 대한 사장님의 가치관을 그대
로 보여줄 수 있는 말이라 생각해서 '비밀 아
지트'라는 제목을 만들었습니다.

지상   그랬군요. 저도 이진영 사장님과의 인터뷰
내용이 떠오릅니다. 가게에 방문한 손님들의
모습을 보고 있으면 정말 '비밀 아지트'에서
자신들만의 비밀 작전을 수행하는 것 같은 느
낌이었어요. 그럼 이 제목으로 시를 쓰면서
가장 신경 썼던 부분은 무엇인가요?

동현   제목의 느낌이 시에서도 잘 드러날 수 있도록
신경 썼어요. "맛난 사람들의 비밀이 / 내 코
에 노크하며 들어온다"와 같은 표현을 통해
커피향과 함께 가게에 퍼져 있는 손님들 각자
의 이야기에 대해 말하고 싶었어요. "동네 사
람들이 모여 / 자기만의 비밀일기를 써가는

이곳"이란 표현에서는 우리 동네의 모두를 위한 공간이지만, 비밀일기를 쓸 수 있는 개인적인 공간이기도 하다는 것을 표현하고 싶었습니다.

지상 말씀해 주신 표현들을 다시 한번 읽어보니 정말 '비밀 아지트'의 느낌이 잘 드러나는 것 같군요. 그러면 시를 통해 독자들에게 이야기하고 싶었던 것은 무엇이었을까요?

동현 동네커피가 조용한 원서동 길가에 있는 작은 카페이지만, 동네 사람들에게는 정말 소중한 공간이라는 것을 독자들에게 이야기하고 싶었습니다. 이곳은 변화의 속도가 점점 빨라지는 북촌에서 우리 동네만의 편안한 분위기를 그대로 지니고 있는 공간이에요. 그래서 방문하는 사람들의 아지트가 될 수 있는 것이고요. 시를 읽는 독자들이 원서동 동네커피에 방문해 보시길 추천하는 마음으로 시를 썼습니다.

지상   저도 그 말을 들어보니 다시 한번 동네커피에 방문하고 싶네요. 그런데 시에서 궁금한 점이 있습니다. 3번째 연에 '○○ ○○○'이란 표현이 있는데 설마 오타는 아닐 테고, 왜 이런 표현을 쓰셨을까요?

동현   '○○ ○○○'가 무엇을 나타내는 것인지 아시겠지요? 바로 '비밀 아지트'입니다. 그런데 비밀스런 느낌을 주기 위해서는 '비밀 아지트'라는 말을 너무 일찍 드러내면 안 될 것 같았어요. 그래서 '○○ ○○○'이라고 표현해보았지요.

지상   처음에는 어색하게 느껴졌는데 듣고 보니 그럴 듯하네요. 재미있는 표현인 것 같습니다. 그런데 정말 이곳에서 사람들이 '비밀일기'를 쓰는 건가요?

동현   물론 진짜 비밀일기를 쓰는 사람들도 있겠지만, 비유 표현으로 봐주시면 좋을 것 같습니다. 누구나 마음 속에 비밀일기장 하나씩은 가지고 있잖아요. 그것을 편하게 꺼내어 써 볼 수 있는 공간임을 표현하고 싶었습니다.

지상 '비밀 아지트'에서 쓰는 '비밀일기'라... 의미도 잘 어울리지만 운율을 형성하는 효과도 있는 것 같습니다. 그런데 시작 노트를 읽어보니 '맛있는 시'를 써보고 싶다는 말을 하셨더라고요. 시인님에게 맛있는 시란 무엇이라고 생각하시나요?

동현 제가 생각하기에 맛있는 시란 사람들이 의문을 가지며 읽어나갈 수 있는 시, 조금씩 맛보다 보면 진짜 맛을 느낄 수 있는 시가 아닐까 생각합니다.

지상 두 번째 연에서 '맛난 사람들의 비밀'이라는 표현을 쓰셨는데, 시에서 미각적인 표현을 사용한 것도 '맛있는 시'를 쓰고자 한 시인님의 생각이 드러난 것 아닐까 싶습니다. 지금까지 우리 동네의 소중한 공간, '동네커피'를 주제로 시를 쓰신 김동현 시인님과 인터뷰 진행해 보았는데요. 마지막으로 묻고 싶습니다. 시인님에게 '우리 동네'란 무엇인가요?

동현 옛날의 추억들과 현재의 추억들이 모인, 조화롭고 따뜻한 공간이라고 생각합니다. 젠트리피케이션 현상으로 인해 점점 모습이 바뀌고는 있지만 우리 동네가 지니고 있는 전체적인 느낌은 바뀌지 않는 것 같아요. "정독도서관, 삼청공원, 중앙중고등학교, 재동초등학교 등 동네를 이루는 굵직한 공간들이 자리해주고 있어서 작은 것은 바뀌어도 전체적인 분위기는 시간이 지나도 변하지 않는 것 같다"라는 이진영 사장님의 말씀이 기억에 남습니다. 사장님께서는 우리 동네를 '맞춤 정장' 같다고 표현하셨는데 저 또한 이 말에 공감합니다. 어디를 돌아다녀 보아도 이곳 북촌, 원서동만큼 편안하고 따뜻한 공간은 없는 것 같습니다.

지상 '맞춤 정장' 같다는 표현이 참 인상적입니다. 시인님의 시로 우리 동네의 가치가 더 많은 사람들에게 전해지기를 기대합니다. 그럼 지금까지 김동현 시인님 만나보았습니다. 좋은 인터뷰 감사합니다!

풍년식품

삶이 시가 되는 순간들: 학생 창작 시

시인과의 대화: 학생 시인 인터뷰 Q&A

정하린 × 김희서 × 이서윤 × 조다온

창덕궁 돌담길을 따라 걷다 보면 만날 수 있는 풍년식품에서는 참기름과
고춧가루 등 다양한 식자재들을 팔고 있습니다. 1985년부터 영업을
시작한 이곳은 원서동 주민들의 삶과 맞닿아 있는 소중한 곳입니다.

Poongnyeon Foods sells various ingredients. This place, which has been
in business since 1985, is a precious place in contact with the lives of the
residents of Wonseo-dong.

모순 1

학교가 끝나고 집에 가는 길

이
서
윤

창덕궁 옆을 지나가다
풍년식품에 들어간다.

오랜 시간 동안 북촌을 지키는
풍년식품 안에서
오랫동안 동네에 자리한
또 다른 가게들을 떠올려본다.

머릿속에 구름처럼
몽글몽글
새하얀 생각들이
천천히 새겨진다.

"앞으로는 북촌에 자리를 지키고 있는
가게들을 많이 찾아가야지."

옆에 있던 친구들이 말한다.

"저기에 원래 있던 가게 허물고 편의점 새로 들어온대."
"와아아아!! 잘 됐다. 그게 훨씬 보기도 좋고 편하지."

시와 함께하는 우리 동네 한바퀴

모순 2

오랫동안 북촌에 있던
풍년식품 앞에서
오랫동안 동네에 있었을
또 다른 가게를 떠올린다

속으로 다짐해 본다
앞으로는 계동에 있었던 가게들을
몰아내지 않겠다는 다짐

오랜시간이 지난 후

나는 여전히 다짐하고
모두가 여전히 다짐하며
마음속에서만 다짐한다

이
서
윤

작은 가게

단짝 친구처럼 있다가
연기처럼 사라질까 봐

괜히 걱정되는
작은 가게

조다온

시와 함께하는 우리 동네 한바퀴

작지만 소중한 것

정
하
린

길을 걷다가
참기름 냄새가 나서
돌아보게 된 곳

평소라면 아무 생각 없이 지나쳤을
옛날 방앗간 같은
작지만 따뜻한 공간

자세히 보지 않았다면
몰랐을 것이다

그 속에
한 사람의 소중한 이야기가
담겨 있을 줄은

풍년식품

도움

비가 울먹이듯 내렸다

김
희
서

길이 발을 집어삼켜서
넘어질 뻔했는데
옆에서 잡아줘서
안 넘어졌다

비가 주저앉듯 내렸다

비가 가게를 집어삼켜서
먹힐 뻔했는데
옆에서 도와줘서
안 먹혔다

시와 함께하는 우리 동네 한바퀴

시인과의 대화

인터뷰어 이서윤 조다온

인터뷰이 정하린 김희서

다온   안녕하세요 '중앙중학교의 시인을 찾아라!'의 조다온입니다.

서윤   저는 이서윤입니다. 저희가 오늘 중앙중학교 1학년 국어시간에 찾아낸 시인들을 인터뷰 해보겠습니다. 시인님들 나와주세요!

하린   안녕하세요. 시인 정하린입니다.

희서   저는 시인 김희서입니다. 반갑습니다.

다온   그럼 인터뷰를 시작하기에 앞서 먼저 시인이 쓴 시를 낭독해 보도록 하겠습니다.

서윤   정말 잘 들었습니다. 김희서, 정하린 시인님

오늘 저희가 인터뷰를 할텐데 솔직하게 답변해 주시면 감사하겠습니다.

다온   모둠의 대표 시인이 된 기분 어떤가요?

희서   제 시를 여러분들께 보여드린다는 사실이 정말 감사합니다.

하린   저는 제가 직접 하겠다고는 했지만 그래도 굉장히 뿌듯합니다.

서윤   두 분이 쓴 시 모두 굉장히 훌륭했습니다. 시인님들은 각각의 시에 무엇을 나타내려고 하셨나요?

희서   저는 사회 시간에 공부한 '젠트리피케이션' 현상을 시 속에 담아내고자 노력했어요. 젠트리피케이션으로 인해 원래 마을에 있던 가게들이 점점 떠나고 있는 상황이잖아요. 그래서 이런 현상으로 힘들어하는 가게들의 심정과 제 경험을 부드럽게 엮어서 표현하려고 했어요.

다온   가게들의 심정과 경험을 부드럽게 엮었다는 말은 무슨 뜻일까요?

희서   저희가 풍년식품으로 인터뷰하러 갔을 때 비가 내렸잖아요. 그때 다리를 다쳐서 목발을 짚고 있던 친구가 빗물에 미끄러져서 넘어질 뻔한 일이 있었어요. 당시 옆에 있던 친구가 그 친구를 잡아줘서 넘어지지 않았는데 저는 이 경험을 참 인상적으로 기억하고 있어요. 그때 생각했어요. 내리는 비는 젠트리피케이션으로 인해 힘들어하는 가게들의 마음을 나타내고 있는 것 같다고요. 이런 현실에서 우리가 할 수 있는 게 무엇이 있을까 생각해 보니, 가장 중요한 건 옆에서 지켜보는 것 아닐까 싶었어요. 그래서 젠트리피케이션이 가게를 덮치더라도 옆에서 지켜봐 주고 도와주면 넘어지지 않을 수 있겠다는 생각으로 시를 써보았습니다.

하린   저는 풍년식품을 처음 봤을 때의 느낌을 시
       로 표현하고자 했던 것 같아요. 사실 처음 가
       본 풍년식품은 작고 허름해 보이는 가게였어
       요. 왠지 요즘 느낌과는 맞지 않는 것 같기도
       했고요. 하지만 인터뷰를 통해 듣게 된 이정
       순 사장님의 이야기가 정말 소중하다는 생각
       을 했어요. 작은 공간에도 소중한 가치가 담
       겨 있다는 걸 깨닫게 된 거죠. 이 느낌을 시
       에 담아보고 싶었어요.

서윤   혹시 이정순 사장님과의 인터뷰에서 가장 기
       억에 남는 것은 무엇이었나요?

하린   우선 풍년식품이 1985년부터 이어진 가게라
       는 것이 놀라웠어요. 전남 광주 출생이신 사
       장님께서는 학교에서 농업을 전공하고 서울
       에 올라오셨다고 해요. 서울에서 처음 풍년
       식품을 차리신 후, 75세가 되신 지금까지 운
       영하고 계신다는 말씀을 듣고 신기하기도 하
       고 대단하기도 하다는 생각이 들었어요. 이
       정순 사장님의 제2의 고향 '풍년식품'은 겉

보기에는 작고 허름하지만, 그 속에는 정말 많은 이야기들이 담겨 있다는 걸 알게 됐습니다.

다온 두 분 시인님의 이야기를 듣고 다시 한번 시를 읽어보니 더욱 공감이 잘 되는 것 같아요. 혹시 시를 쓰면서 특별히 신경 쓰신 부분은 무엇일까요?

하린 저는 풍년식품만의 분위기를 나타내기 위해 노력했던 것 같아요. 풍년식품에서는 동네 주민들에게 참기름과 고춧가루를 팔고 있어요. 그러다 보니 가게 안에 들어가자마자 고소한 참기름 향기가 진동하더라고요. 마치 오래된 방앗간 같았던 풍년식품의 본 모습은 스치듯 바라봤을 때는 알 수 없지만, 자세히 보면 그 깊이를 알 수 있었어요. 이 점을 표현하고자 애썼어요.

희서 아까 이야기한 대로 제 경험을 시에 잘 녹여 내기 위해 노력했어요. 또한 시의 구조로 운율과 의미를 형성하고자 했어요. '비가 울먹이듯 내렸다'와 '비가 주저앉듯 내렸다'는 표현을 비슷하게 반복하면서 운율도 형성하고 가게의 마음도 표현하려고 했어요.

서윤   시인님들의 말씀을 들으니 한 편의 시를 쓸 때 정말 많은 생각이 필요하다는 걸 깨닫게 됩니다. 이렇게 많은 생각이 담긴 시이다 보니, 시를 쓰고 나서 '풍년식품'에 대한 생각에 많은 변화가 있었을 것 같습니다.

하린   처음 풍년식품 갔을 땐 그냥 흔한 가게라고만 생각했어요. 그런데 이정순 사장님과의 인터뷰를 통해 이 공간이 사장님께는 굉장히 소중한 공간임을 깨달았어요. 우리에게는 거리에 있는 많은 가게들 중 하나이지만, 그곳에서 생활하는 분께는 정말 큰 의미가 담겨 있다는 생각이 들었습니다.

희서   저도 하린이랑 비슷한 것 같아요.

시와 함께하는 우리 동네 한바퀴

다온   작지만 소중한 것의 가치를 알게 되는 시간이
었던 것 같습니다. 혹시 시인님께도 자신만
의 작지만 소중한 대상이 있으신가요?

하린   저는 제가 키우는 강아지가 제겐 작지만 소중
한 대상인 것 같아요. 다른 사람들에게는 많
은 강아지들 중 하나로 보이겠지만, 저에게
는 소중한 가족이니까요.

서윤   역시 강아지는 사랑이죠. 혹시 북촌에서 즐
겨 가는 장소가 있나요?

희서   저는 중학교에 와서 북촌을 처음 접하게 되었
어요. 등하교를 하는 공간이기 때문에 특별
히 즐겨가는 장소가 있지는 않습니다. 하지
만 이런 활동을 하면서 북촌의 다양한 공간들
을 알아가고 있는 것 같아요.

다온   아는 만큼 보인다고 하는 것처럼, 북촌의 다
양한 공간들을 알아간다면 앞으로 이곳에서
새로운 의미를 찾아볼 수 있지 않을까 생각합

니다. 이제 마지막 질문입니다. 시인님들은 앞으로 시와 어떻게 관계를 맺어 나가실 계획일까요?

희서 이번에 시를 쓰면서 시인의 마음에 공감해 볼 수 있었던 것 같아요. 시인이 어떤 심정으로 한 편의 시를 썼는지, 어떤 부분에 신경을 써서 썼는지 상상하며 시를 읽을 수 있을 것 같아요.

하린 시를 쓴 사람의 마음을 읽으려고 노력할 것 같아요. 이번에 시인이 되어 보고서 그걸 많이 깨달은 것 같아요. 모든 시에는 다 소중하고 중요한 사연이 들어있다는 것 말이에요.

서윤 시인님들이 앞으로도 시와 친해지는 시간이 많아지길 바랍니다. 혹시 이렇게 인터뷰에 참여한 기분을 한마디씩 덧붙여주실 수 있을까요?

희서 제 시에 대해서 소개해 보니까 저도 생각이

잘 정리되는 것 같아서 좋았어요. 독자들이 인터뷰 내용을 보고 제 시의 감정에 더 이입할 수 있었으면 좋겠습니다.

하린 저는 제가 시를 썼다는 것 자체가 뿌듯했어요. 인터뷰를 하고 나니 그 사실이 더욱 실감 나는 것 같아요. 감사합니다.

다온 그럼 이상으로 인터뷰를 마치도록 하겠습니다. 지금까지 '중앙중학교의 시인을 찾아라!'였습니다. 감사합니다.

시의 향기가 흐르는 북촌 스탬프 투어 웹사이트
풍년식품

명품삼청동떡볶이

명품삼청동떡볶이는 학생들의 하굣길을 든든히 책임지고 있는 곳입니다. 옛날 떡볶이를 맛보고 싶을 때, 초등학생 때의 추억을 되새겨보고 싶을 때 이곳을 방문해 보는 것은 어떨까요?

Luxury Samchungdong Tteokbokki is a place that takes full responsibility for the way students go home. Why don't you visit this place when you want to taste the old-fashioned tteokbokki or reminisce about your elementary school days?

1,000원 컵 떡볶이

김유성

주머니 속에 꾸깃꾸깃
코 묻은 1,000원 한 장 써가며
먹고 싶었던
하굣길 컵 떡볶이

가격은 변함이 없다
사람의 가치는 올라가지만

주머니 속 1,000원 한 장 써가며
먹고 싶었던
우리들의 명품 떡볶이

어느 날,
실연 당한 나무처럼
잎새가 떨어진다

공사를 한다
풍경이 바뀐다
하지만
자리는 변함이 없고

가벼워진 1,000원 한 장
만지작거리며
오늘은 한번 가볼까?

공간은 변해도
사람은 안 변한다.

안 변할 것이다.

명품삼청동떡볶이

김영웅

배가 고플 때 자주 가는
떡볶이 집

친구들과 함께 가는
떡볶이 집

이 떡볶이를 먹을 때면
행복해진다

명품

김
시
휴

사전은 값진 물건을 명품이라고 부른다
사람은 비싼 물건을 명품이라고 부른다

모두가 당연하다는 듯이 여기지만
모두가 신경 쓰지 않는 부분에
숨겨진 가치가 있을지도 모른다

오래된 것은 쉽게 잊혀진다
새로운 것은 뜨기 시작한다

오래되어 잊혀진
삶 속에 숨겨진 '가치'는
어디선가 잊힌 채로 점점
사라져간다

시와 함께하는 우리 동네 한바퀴

명품

삼청동 떡볶이처럼

명품삼청동떡볶이

니네 혹시
여기 어딘지 아니?

한옥마을,
돌담길
따라가다 보면
너희의 발길을 이끄는 곳

주변 풍경은 계속 변해왔지만
오랫동안 이 자리를 지켜온 곳

전세계에서 한정판인
명품을 팔고 있는 곳

많은 사람들의

추억을 담고 있는 곳

사장님의 따뜻한 마음이
전해지는 곳

학생들에게는
할머니, 할아버지 집

어른들에게는
휴식처

북촌에게는
자랑거리인

명품삼청동떡볶이집이야

명품삼청동떡볶이

유성   안녕하세요. '걸어서 퀴즈 속으로'의 김유성
        입니다.

시휴   저는 김시휴입니다. 저희가 이번에 아주 특
        별한 분을 모셔보았는데요. 바로 나와주
        시죠!

연지   안녕하세요. 저는 '명품삼청동떡볶이'라는 시
        를 쓴 중앙중학교 1학년 시인 도연지입니다.

시휴   우와, 그 명작을 쓰신 분이군요. 그럼 이번에
        시 낭송을 한번 부탁드려도 될까요?

유성   정말 인상 깊은 시인 것 같아요. 마치 저에게
        따뜻한 한마디를 건네는 듯한 느낌이 들기도

합니다. 그럼 이 시에 대해 간단한 소개를 해 주실 수 있나요?

연지   우리 북촌에는 깊은 역사와 많은 사람들의 추억이 담겨 있습니다. 그래서 저는 북촌의 숨은 가치를 알리기 위해 시를 썼습니다. 제가 선택한 공간은 북촌의 숨은 명소인 '명품삼청동떡볶이'입니다. 이곳은 우리 중앙중, 재동초 학생들의 하굣길을 따뜻하게 만들어주는 할머니·할아버지 집 같은 공간이자, 방문하는 많은 사람들에게 힘이 되는 곳이거든요. 이 시를 읽고 많은 사람들이 이곳의 가치를 알아주면 좋겠습니다.

유성   저도 학교 끝나고 집에 가는 길에 명품삼청동떡볶이집을 자주 들르거든요. 정말 공감이 되는 것 같아요.

시휴   저는 아직 가보지는 못했지만 꼭 한번 가봐야겠다는 생각이 드네요.

명품삼청동떡볶이

유성   근데 제가 제보를 받은 것이 있습니다. 이 시
      는 모둠의 대표로 선정된 것이라고 들었는데
      요. 자신의 시가 모둠의 대표 시로 선정된 기
      분은 어떠셨나요?

연지   솔직히 시를 쓰는데 어려운 점이 있었어서 제
      가 선정될 줄은 몰랐는데 선정돼서 정말 기분
      이 좋은 것 같아요.

시휴   와, 이렇게 좋은 시에 어려움이 있었다니 믿
      기질 않는데요. 어떤 점이 어려우셨나요?

연지   음 처음에 명품삼청동떡볶이에 관해서 쓰려
      고 하니까 떠오르는 것은 많은데, 막상 쓰지
      를 못하겠더라고요.

유성   저라도 그럴 것 같아요. 그럼 이 어려운 점을
      어떻게 해결하셨나요?

연지   일단 시를 무작정 쓰려고 하지 않고, 먼저 사
      람들에게 명품삼청동떡볶이집을 소개한다는

생각으로 제가 바라보는 공간에 대한 메모를 해보았어요. 그러니까 자연스럽게 시상이 떠오르더라고요.

시휴   그렇게 위기를 극복하셨군요. 역시 과정이 고단해야 결과가 멋진 건가 봐요.(ㅎㅎ)

유성   그럼 이 시에서 작가님이 마음에 드는 부분은 어느 부분인가요?

연지   저는 '학생들에게는 할머니, 할아버지 집'이 라는 부분이 가장 마음에 들어요. 떡볶이 집에서 느꼈던 김정분 사장님의 따뜻한 손길이 가장 기억에 남았거든요.

유성   저도 그 부분이 제일 인상 깊었어요. 왠지 저희 할머니, 할아버지의 따뜻함과 겹쳐지는 듯한 느낌이었어요. 혹시 이 시를 쓰면서 도움을 받은 것도 있었나요?

연지   네. 제가 처음에 시를 쓰고 어떻게 고칠지 고민이었는데 김시휴 님의 피드백이 도움 됐습니다.

시휴　그렇게 말씀해 주시니 뿌듯하네요. 감사합니다! 그런데 작가님에게 북촌이란 어떤 의미인가요?

연지　북촌은 저에게 고향 같아요. 친근하면서 평화롭고, 하나둘 추억이 생겨나며 머릿속에는 다양한 기억들로 가득 차고 있어요. 나중에 중앙중학교를 졸업하면 너무 속상할 것 같아요.

유성　저희는 아직 1학년이니까 앞으로 더 많은 추억을 쌓아갈 수 있을 것 같아요. 저는 북촌에 14년 차인데, 다른 지역에 살고 계시는 시인님이 그렇게 생각하시다니 감사한 마음도 듭니다.

시휴　드디어 마지막 질문이네요. 시인님은 앞으로 시와 어떤 관계를 맺어나가실 계획이실까요?

시와 함께하는 우리 동네 한바퀴

연지 많은 사람들이 시를 쓰는 것을 어려워해요. 무조건 독창적이어야 한다고 생각하거든요. 하지만 시를 쓰는 것은 자신의 생각과 느낌의 핵심을 찾아서 적는 글이라고 표현할 수 있어요. 저도 이 시를 쓸 때 제 생각과 느낌을 먼저 파악하고, 솔직하게 그 내용을 정리해나가는 방식을 사용했어요. 그러니까 시가 어렵지 않고, 오히려 재미있게 느껴지더라고요. 앞으로도 시를 쉽게 생각하면서, 다양한 대상에 대한 생각이나 느낌을 적어나갈 생각입니다.

시휴 작가님의 말이 정말 인상 깊네요. 저도 작가님처럼 시를 어렵게 생각하지 않고, 저의 생각과 느낌을 적으려고 해봐야겠어요.

유성 시인님과 대화를 하며 북촌에 대한, 시에 대한 여러 생각을 배워갈 수 있었습니다. 오늘 '걸어서 퀴즈 속으로' 인터뷰에 함께해 주셔서 감사합니다.

연지 저도 좋은 경험이 된 것 같아요. 감사합니다!

시의 향기가 흐르는 북촌 스탬프 투어 웹사이트
명품삼청동떡볶이

재
동
종
합
문
구
점

삶이 시가 되는 순간들: 학생 창작 시

시인과의 대화: 학생 시인 인터뷰 Q&A

유연주 × 박건휘 × 이레

재동종합문구점은 레트로 감성과 따뜻한 분위기가 흘러넘치는 공간입니다. 아이들의 추억이 살아 숨 쉬고 있는 이곳은 북촌의 보물섬입니다.

Jae-dong stationary store is decorated with retro sensibility. The store makes people comfortable and warm. This is the treasure island of Bukchon, where children's memories are alive.

계동의 보물

박건휘

국어 수업 시간

'익숙함 속의 소중한 가치를 찾아봅시다!'

선생님의 호령과 함께
항해를 떠나는 우리는
계동의 해적들

골목길을 지나며
가쁜 숨을 몰아쉬고
번쩍번쩍 카페거리에서
한눈을 팔다가

우연히 만난
조그만 공간

북적북적한 한옥마을 속
작고 아담한 보물섬

오랫동안 그 자리에 있었지만
늘 새롭게 보이는 건물과
매일 따뜻한 마음을 나눠주시는 사장님

오래된 보물과 오늘을 담은 보물이
함께 살아 숨 쉬는 곳

방과 후 시간

난 오늘도 습관처럼
계동의 보물을 찾으러

여행길을 떠난다

재동종합문구점

재동 무지개

친구와 신나게 놀러다닐 때
툴툴거리며 동생을 데리고 나왔을 때
알록달록 무지개 같은
재동 문구점이 보인다

무지개 끝 보물처럼
아직 열지 않은 장난감 상자와
한입에 털어넣고 싶은 간식들이 가득한
재동 문구점

아이들이 북적이는 이곳은
북촌에서 가장 반짝이는

재동의 무지개다

이
레

잼민이들의 추억

우래훈

포켓몬 카드를 찾아
학교 앞 문구점에 모인
많은 아이들

'제발, 한 번 만이다!'

애써 모은 용돈이
날아가지는 않을까
뽑기 한번에
가슴은 두근두근

슬쩍 들춰본 카드
색깔은,

푸른색

우리들의 불안한 예상은

언제나

빗나가지 않았다

_____이 좋아서

옛날에,

유연주

_____이 좋아서
따뜻한 분위기와 정이 가득한 이곳에
문구점을 열게 되었다

_____이 마음에 품은 물건을
가지고 나서 좋아하는 모습만 봐도
마치_____이 된 것처럼
흐뭇하고 좋은 기분이 이곳을 감싼다

_____이 좋다는
사장님의 마음에 보답이라도 하려는 걸까,
이곳은 마치 놀이터처럼
항상 _____로 북적였다

그런데 지금은,

_____이 좋아도
이곳의 마음은 허전하다
이곳이 생긴 이유도 찾아보기 힘들다
_____이 찾아오지 않아서

_____로 북적였던
옛날이 그립지만
_____의 느낌이 고스란히 남아있는
옛날의 문구점을 추억하며

_____이 좋아서
이곳은 오늘도 문을 활짝 열고

＿＿＿을 기다린다

재동종합문구점

시인과의 대화

인터뷰어 인터뷰이

박건휘 × 유연주
이레

건휘   안녕하세요. 북촌의 해적들의 선장 휘펜슬입니다.

레   저는 해적 이레이저 입니다! 저희는 오늘 '____이 좋아서'의 유연주 시인을 만나러 중앙중학교에 직접, 해적선을 타고 찾아왔습니다!

건휘   저희가 시간을 착각해 일찍 오는 바람에 조금만 기다리도록 할게요. 기다리는 시간에 유연주 시인의 시를 제가 한번 낭송해 보도록 하겠습니다!

연주   우와, 그거 제 시 아닌가요? 안녕하세요. 시인 유연주입니다!

레   앗 안녕하세요! 저희는 북촌의 해적들입니다. 북촌의 보물, 재동문구점에 대한 시를 읽고 새로운 보물로 선정된 시인님을 인터뷰하러 찾아왔습니다!

전휘   저희가 시인님을 북촌의 새로운 보물로 선정했는데요, 이렇게 선정된 기분이 어떠세요?

연주   조금 부끄럽기도 하고, 뿌듯하고 기쁘기도 하네요! 이 시를 쓰면서 나름 걱정됐었는데, 그 걱정이 날아가는 것 같아요!

레   아까 휘펜슬 선장이 '_____이 좋아서'를 낭송했는데, 역시나 참 좋더라고요. 혹시 시에 대해 소개해 주실 수 있을까요?

연주   이 시는 '재동문구점이 아이들을 위한 문구점이다'라는 주제로 쓰인 시인데요. 사장님이 아이들을 좋아하는 마음과 이제는 이곳이 근처에 있는 '다이소'나 '알파문구' 등 다른 프랜차이즈 문구점들로 인해 아이들이 이곳을 찾

지 않는다는 점을 함께 담아낸 시입니다. 간
단하게 3가지로 말씀드리자면 재동문구점이
아이들을 위한 문구점이라는 것, 사장님의
마음, 젠트리피케이션 현상 정도로 소개해
볼 수 있을 것 같아요!

건휘   아 맞아요! 요즘 젠트리피케이션 현상이 곳
곳에서 일어나고 있죠.

연주   네~ 많이 안타깝게 생각하고 있어요.

레   그럼, 이 시를 쓰게 된 계기도 젠트리피케이
션과 관련된 것이었나요?

연주   그런 것도 있지만, 가장 큰 계기가 되었던 건
신영희 사장님과의 인터뷰였어요. 이 시를
쓰기 전에 재동문구점의 신영희 사장님과 인
터뷰를 진행했거든요. 이때 저에게 가장 인
상 깊었던 내용이 사장님께서 아이들을 많이
좋아하고, 또한 위하고 계신다는 것이었어
요! 이런 마음이 굉장히 기억에 남아서 이 마

음을 다른 사람들도 느낄 수 있도록 시를 쓰게 되었습니다!

례   다시 보니 저도 사장님의 그런 마음이 다시 한번 느껴지는 것 같아요!

건휘   또 이 시를 쓰면서 가장 고민이 되었던 부분은 어디셨을지 궁금합니다. 만약 저라면 고민을 엄청 했을 거 같거든요.

연주   이 시에 신영희 사장님의 시선과 마음을 함께 넣어야 했는데, 저의 마음이 아닌 사장님의 마음이다 보니 어려움이 있더라고요. 솔직히 이 마음을 가장 완벽하게, 또 자연스럽게 녹여내는 것이 가장 고민되었던 부분이었어요.

건휘   시를 읽으면서 굉장히 특이한 점이 있었어요. 시의 제목이기도 한 '_____이 좋아서'라는 부분이었는데요. 왜 시어를 사용하지 않고 밑줄 표시를 했는지, 그 비밀을 알려주실 수 있을까요?

연주 혹시 이 부분에서 숨겨진 표현이 무엇인지 찾
으셨을까요?

레 음, '아이들'이라는 표현이 아니었을까요?

연주 정답입니다! 이레이저 님 말처럼 '아이들'이
라는 말을 담고 싶었어요. 저는 이 표현이 가
장 중요하다고 생각했거든요. 저는 시에 매
력적인 요소, 더 특별하고 인상 깊게 만들어
주는 요소를 추가하고 싶었어요. '＿＿＿이
좋아서'라는 표현은 제 시를 사람들이 인상
깊게 봐주고, 좋은 인상을 가졌으면 좋겠다
는 마음으로 만들어낸 표현이에요. 이 시를
읽고 나면 '아이들'이라는 단어가 쉽게 유추
되는데, 이렇게 간접적으로 표현하여 사장님
의 마음에 더 가깝게 다가가고 싶은 마음도
있었습니다.

레 와, 정말 깊은 의미가 담긴 표현이었군요. 이
런 특별한 표현을 생각해 내신 시인님이 참
대단하다는 생각이 듭니다. 그렇다면 이 시

에서 아이들이 가진 의미는 무엇인가요?

연주   저는 가장 중요한 단어라고 생각해요. 여기서 아이들은 '문구점이 생긴 이유', '사장님이 좋아하는 존재들', '이곳을 빛나게 만들어주는 보물 중 하나'라고 할 수 있을 중요한 단어거든요.

건휘   '아이들'이라는 말은 굉장히 평범하고 일상적인 말일 수도 있지만, 그래서 더욱 빛나는 의미를 가진 단어라고 할 수 있겠네요. 이 말을 계기로 우리 주변의 많은 단어들을 새로운 시각으로 바라볼 수 있을 것 같습니다. 이렇게 좋은 시를 완성하신 시인님에게 '재동문구점'이 어떠한 의미일지 궁금합니다.

연주   저는 북촌에 살고 있지 않아서 재동문구점에 대한 추억은 많이 없어요. 그래도 신영희 사장님과 인터뷰를 하면서 이곳이 북촌의 보물이라는 것을 알 수 있었어요. 아늑하고 따뜻한 마음이 흘러넘치는 북촌의 쉼터이자 놀이

터, 그리고 아이들에게 가장 추억이 많고 소
중한 공간이라는 것을 느낄 수 있었습니다.

레   저는 이곳을 '재동의 무지개'라고 표현해 보
        았어요. 어떤 표현인지 궁금하면 제 시를 한
        번 읽어봐 주세요.(ㅋㅋ) 벌써 마지막 질문인
        데요. 시인님께서 이 시를 쓰실 때, 저희처
        럼 인터뷰를 진행하셨다고 아까 말씀하셨잖
        아요.

연주   맞아요. 아직도 그때의 기억이 나네요!

레   그럼 재동문구점의 신영희 사장님께 전달하
        고 싶은 이야기를 부탁드릴게요!

연주   사실 인터뷰가 쉽지는 않았어요. 인터뷰가
        부담스러우셨는지 처음에는 거절하셨거든
        요. 그래도 결국 인터뷰를 승낙해 주시고 여
        러 가지 이야기를 들려주신 사장님께 정말 감
        사하다는 말씀을 전하고 싶어요. 신영희 사
        장님 덕분에 30여 년의 오랜 시간이 담긴 '재

시와 함께하는 우리 동네 한바퀴

동종합문구점'에 대한 많은 이야기를 들을 수 있었고, 이런 멋진 시가 만들어질 수 있었던 거 같아요. 젠트리피케이션 현상과 코로나로 인해 지금은 조금 힘들 수도 있겠지만, 이 소중한 공간이 다시 아이들로 북적일 때까지 항상 응원하는 마음을 가질 거라고 전해드리고 싶네요. 사장님이 아이들을 생각하는 마음은 아마 절대 못 잊을 거예요. 다시 방문해서 직접 감사의 인사를 드리고 싶습니다!

건휘   네, 이것으로 북촌의 해적들의 3번째 보물이신 유연주 시인님과의 짧은 만남이 끝이 났습니다. 많이 아쉽긴 하지만, 그래도 이 시에 대해 더 자세히 알 수 있었고 조금 더 시인님과 가까워진 거 같아 나름 또 뿌듯하네요!

레   맞아요. 저도 이번 시인님과의 만남을 통해 시인님의 시와, 그 속에 숨겨진 의미에 대해 많이 알 수 있었습니다.

연주   감사합니다. 저도 정말 즐거웠어요!

전휘   그럼 저희 해적들은 또 새로운 북촌의 보물들
       을 찾아서 떠나볼게요!

레   지금까지 선장 휘펜슬, 해적 이레이저, 시인
       유연주였습니다!

맺는 말

2021년 가을, 우연히 박연준 시인의 산문《쓰는 기분》을 만났습니다. 시인이 전하는 '부드러운 용기, 작은 추동을 일으키는 바람, 따뜻한 격려'를 건네받으며, 학생들과 함께 시 수업을 해보고 싶다는 마음이 움텄습니다. 제대로 시를 써본 적도, 느껴본 적도 없는 초보 교사였지만, 학생들과 '시 쓰는 기분'을 나누며 서로의 삶에 안긴 시의 마음을 느껴보고 싶다고 생각하게 되었습니다.

*

중앙중학교의 2022학년도 1학년 1학기 국어 수업의 주제는 '시'였습니다. 이제 막 중학생으로 발돋움한 학생들과 '시'를 매개로 수업하며 '나'의 삶뿐만이 아니라, '타인'의 삶 역시 좋은 시가 될 수 있다는 것을 느끼길 바랐습니다. 만약 우리 학생들이 '삶이 시가 되는 순간들'을 포착하는 마음의 힘을 기른다면, 이해와 공감을 바탕으로 삶과 적극적으로 소통할 수 있지 않을까 싶었습니다. 이런 기대를 하며 한 학기 동안의 긴 수업을 구상해 보았습니다.

수업은 '국어, 사회, 영어, 그리고 목공예자유학년제 예술 프로그램' 융합 프로젝트의 형식으로 진행되었습니다. 학생들의 시각을 '나의 삶'에서 '타인의 삶'으로 옮기기 위해서는 다양한 교과 수업을 통해 삶의 문제를 여러 각도에서 바라보는 과정이 필요했습니다. 또한 수업에서 전하는 메시지가 단순히 삶에 대한 시각을 확장해야 한다는 당위적인 격언에서 그치지 않으려면, 문학이 우리 삶의 문제를 해결할 실마리가 될 수 있음을 학생들 스스로 느껴보길 바랐습니다.

교과 융합 프로젝트 수업의 목표는 '젠트리피케이션의 위기 속, 우리 동네의 가치와 정체성 찾기'였습니다. 중앙중학교는 서울의 대표 관광지 중 하나인 북촌에 있는 학교입니다. 학교 주변은 북촌한옥마을을 방문하는 관광객들로 연일 붐비지만, 점점 높아지는 가게 임대료로 인해 마을 주민들은 다양한 고민을 품고 생활하고 있습니다. 북촌에 뿌리를 두고 살아가던 주민들이 떠나고 그 자리를 채우는 프랜차이즈를 보며, 우리들의 삶의 터전인 '마을'의 정체성에 대해 고민해 볼 시간이 필요하다고 생각했습니다. 그래서 이번 수업에서는 마을이 직면한 사회 현안을 주제로 삼아 전체 수업을 기획해 보기로 했습니다.

시와 함께하는 우리 동네 한바퀴

＊

학생들은 먼저 사회 수업에서 우리 동네의 다양한 공간을 '오래된 가게'와 '프랜차이즈'로 나누어보며, 우리 동네가 당면한 문제인 '젠트리피케이션'에 대해 고민해 보는 시간을 가졌습니다. 토의를 거치며 젠트리피케이션을 해결하기 위해서는 우선 우리의 인식이 선행되어야 한다고 판단하였습니다. 그리고 이를 위해 마을의 정체성을 품고 있는 가게들을 중심으로 '북촌 스탬프 투어'를 진행하기 위한 지도를 만들어보았습니다.

영어 시간에 던진 핵심 질문은 '외국인들은 우리 동네 북촌을 어떤 시각으로 바라보고 있을까?'였습니다. 우리 동네가 단순한 관광지가 아닌, 마을 사람들이 지켜온 오랜 가치를 품고 있는 소중한 공간이라는 것을 알릴 필요가 있었습니다. 그래서 사회 시간에 선정한 가게들을 중심으로 외국인 관광객에게 북촌의 가치와 정체성을 알리기 위해 영어로 소개글을 쓰는 시간을 가졌습니다.

자유학기제 예술 프로그램인 목공예 수업에서는 사회, 영어 시간에 선정한 공간을 중심으로 '북촌 스탬프 투어'를 실천하기 위한 '도장'을 직접 만들어보는 시간을 가졌습니다. 이러한 수업으로 마을에 대한 인식 수준을 높이고, 나아가서는 내국인·외국인 관광객에게 그 가치를 홍보하는 실천적 경험을 해볼 수 있길 바랐습니다.

국어 수업에서는 '북촌 스탬프 투어'를 위한 공간에 직접 찾아가서 인터뷰를 진행하고, 학생들이 직접 취재한 내용을 바탕으로 해당 공간을 주제로 '시 쓰는 기분'을 느껴보는 활동을 진행했습니다. 평소 학생들의 글쓰기가 '나'에 대한 주제로 한정되어 있었다면, 인터뷰로 수집한 자료로 마을의 '삶'이 '시'가 되는 순간들을 포착하는 과정은 '나'에서 '타인'으로 시각을 확장하는 의미 있는 기회가 될 것이라 기대했습니다.

*

《시와 함께하는 우리 동네 한바퀴》는 2022학년도 1학기 교과 융합 프로젝트 수업인 '시의 향기가 흐르는 북촌 한바퀴' 활동에서 학생들이 쓴 창작 시와 글을 엮어낸 결과물입니다. 마을의 사회 현안 중 하나인 '젠트리피케이션' 현상을 해결하기 위한 실천적 활동을 기획하고, '시'를 매개로 마을 가게들이 품고 있는 다양한 가치를 이해하고 공감하기 위해 노력한 학생들의 흔적입니다.

학생들의 글을 출판하게 되기까지 많은 분들의 도움이 있었습니다. 프로젝트 수업의 동반자가 되어준 영어과 임주현 선생님과 사회과 송유나 선생님, 마을 수업을 기획하고 진행하는데 큰 도움을 주신 '북촌탁구'의 박현정 관장님과 바쁜 생업에도 학생들의 설은 인터뷰를 정성으로 받아주신 20곳의 마을 가게 사장님들. 학생들의 글을 예쁘게 봐주시고 출판까지 할 수 있도록 도와주신 마음의숲 권대웅 대표님과 최현지 에디터님. 그리고 수업을 위한 아이디어와 함께 '쓰는 기분'의 소중한 마음을 나누어주신 박연준 시인님. 그리고 한 학기라는 긴 시간 동안 웃음 띤 얼굴로 즐겁게 수업에 참여해 준 우리 중앙중학교 학생들.

많은 사람의 도움으로 만들어진 이번 책을 통해 우리 동네 북촌이 품고 있는 다양한 가치가 더 많은 사람에게 공유될 수 있기를 바랍니다. 삶이 시가 되는 순간들을 포착하고, 시 쓰는 기분을 느껴본 중앙중학교 학생들의 이야기가 '우리 동네'의 가치를 '이해'하고 '공감'하기 위한 작은 씨앗이 될 수 있기를 기대합니다.

이한솔 중앙중학교 국어 교사

시와 함께하는 우리 동네 한바퀴

1판 1쇄 발행 2022년 12월 21일

지은이   중앙중학교 1학년과 이한솔 교사
펴낸이   신혜경
펴낸곳   마음의숲

대표   권대웅
편집   최현지 김도경
디자인   풀오브 fullof.kr
마케팅   노근수

출판등록   2006년 8월 1일(제2006-000159호)
주소   서울시 마포구 와우산로30길 36 마음의숲빌딩(창전동 6-32)
전화   (02) 322-3164~5   **팩스**   (02) 322-3166
이메일   maumsup@naver.com
인스타그램   @maumsup

용지   ㈜타라유통   **인쇄·제본**   ㈜에이치이피

©중앙중학교 1학년과 이한솔 교사, 2022
ISBN 979-11-6285-133-3 (43810)